対詩

泥の暦

四元康祐　田口犬男

思潮社

対詩　泥の暦

四元康祐
田口犬男

思潮社

写真＝四元康祐
装幀＝奥定泰之

目次

奇数番号は四元康祐の、偶数番号は田口犬男の作品

対詩　泥の暦

2004.2.4—2007.3.4

1

無邪気さの終わり

あなたの詩には伝えたいことがはっきりあって
ぎりぎりまで研ぎ澄ました言葉で
表現されているけれど
そこにはあなた自身の姿が見えない
迷ったり　苦しんだり　救われかけたりしている
あなたがいないの

昔書いた詩を何篇か英訳してくれたあとで
妻がそう言った
と、ここまで書いた八行の間に

Y

もうなんども推敲した
さわられるたびに
字句たちは身をこわばらせる

窓際に置かれた本の表紙を
鳩の群れを率いた男の子が横切ってゆく

始まりは無邪気な遊びだった
振りだしに戻るふりをしながら道は捩れてゆく
言葉のうしろから迷い犬のように
とぼとぼとついてゆく
わたしの影

「おやすみ《ハッシャ・バイ》」がささやかれたあとの
もうひとつの目覚めのなかで

犬男から新しい詩集が届いている。『ハッシャ・バイ』という題名。本人は『愛のことなんて知らなくていいい　それを感じることさえ出来るなら』にしたかったらしいが。会社が別の会社との合併を決めたという報せが本社から届いた。正式発表は来週でそれまでは現地社員を含めて秘密厳守とのこと。きっと大騒ぎになるだろう。呑気に詩を書いていられるのもそろそろおしまいか。

2004.2.4　ミュンヘン

2

デュッセルドルフでバーボン

あなたはデュッセルドルフ時間の真夜中に
電話してきて「おやすみ」という
僕は書きかけのｅメールになりすまして
息を殺して送信されるのを待っている

送信されるまさにその瞬間にね　思う時があるんだ
いっそこのまま霊になっちまおうかなんて
そうやって霊になってしまったやつを僕は何人も見たよ
つまりは落とし前のつけ方も人によりけりということさ

T

デュッセルドルフにもそんな霊はたくさんいますよ
信じないかも知れないけれど　今や僕の隣には
最近霊になったばかりの昔馴染みがいて
飲み慣れない筈のバーボンを飲んでる

霊になった途端にドイツ語を忘れてしまうのだもの
かといって日本語が達者になった訳じゃない
だから僕たちはもう小一時間ほど
隣り合ったまま黙り込んでいる　それで
あんまり詮がないから君に電話をしたという訳さ

けれどもあなたが流暢に話している途中で
僕は突然送信されてしまう
誰がクリックしたのか分からないまま
デュッセルドルフと東京のタイム・ラグの宇宙に
僕はたった独りで放り出されてしまう

四元さんからの第一便が届いてから、もうずいぶん時間が経ってしまった。あろうことか、僕はそれを受け取ってから、頭の中の棚に放置したまま、すっかり打っ遣っておいたのだ。とてもではないけれど、今の僕には詩に取り組む余裕などない、という気持ちで。

ところがそんな折、あたかも雌鳥がぽこりと卵を産み落とすようにして、「デュッセルドルフでバーボン」という詩が生まれた。それは朝ではなく、真夜中過ぎの出来事だったのだが。

2004.4.12

3

鯨にまたがって

君が（太宰の）
橋なんて持ち出すから
ぼくは川だとか口走ったけど

仕事と家族と幸福の上に
詩まで抱えこんでにっちもさっちも
身動きとれない中年中期と
すがすがしいほどなけなしの青年後期が

仲よく覗きこんでた

Y

ひとすじの亀裂
一万尺の海底の孤独とやらに

見惚れていたのか
怖気づいて足が竦んでいたのか
傍らでマウリの青年（前期）は歌っていたね
潮騒とフェイジョアの樹と
死がもたらした光の
変化について

君の文体はいつも同じ
それが荒れ狂う波のうえで
必死に握りしめている一本の櫂に見える

いつまでそうしてるつもりだい？
最後のシーンでその子は

鯨の背中に跨ったまま海に潜ってゆくんだよ
泡立つ潮のなかで両眼を開いて
頬の裏に息を溜めて

橋なんて、
最初からどこにもなかった

月に二回ミュンヘンと東京を往復する生活が続いている。合併準備が本格化してきたからだ。おかげで日本橋界隈の地理に詳しくなった。下北沢の「Revolver」にて犬男と会う。彼の友人のヴォーカリスト、ベン・ケンプのライブ。ニュージーランドの故郷の町は、映画『Whale Rider』の舞台となったところで、ベンの親戚も大勢撮影に係わったそうだ。本人は英語で詩や脚本を書いていて、日本語訳の本を出したいとか。東京の夜はまだ蒸し暑い。

2004.9.20　トウキョウ

4

ダイキリ

デュッセルドルフで飲み干したバーボンが
今でもあなたの脳髄に残っている
あなたはそれを打ち消そうとでもするかのように
下北沢でダイキリのグラスを仰ぐ
だが酩酊はあなたを救ってはくれない

コペンハーゲンで足止めをくらって
五時間待たされた揚句に半日かけてこの国に戻ってきた
ホテルで小一時間ほど仮眠したから元気になったよとあなたは言う
詩の韻律に重ねるようにあなたの心臓が強靱な脈を打つ

T

あなたの体力は驚異的だ
あなたは時差なんてものともしない
ミュンヘンだろうと東京だろうと
詩行に流れる時間は大して変わらないからと
嘯きさえして

だがあなたは密かに考えている
時差は英語でタイム・ラグだが
詩と生活とのずれはいったい何と呼んだらいいのだろう　と
二人の主人に仕えることはやはり出来ないよ
その事は昔の本にも書いてある
そうだろう？

詩と生活を両岸に控えて流れる一筋の川
その川には今宵のダイキリがとうとうと流れている
だがあなたがどんなにグラスを傾けたとしても

その川は干え上がることがないだろう
あなたはダイキリの川を泳ぐ
詩の韻律とあなたの心臓が脈を競う
酩酊したまま
あなたは無残なほど覚醒している

一昨年から、目の病気をわずらっている。何人もの医者に診てもらったが、原因が良く分からない。途方に暮れている間に、もう季節が一回り半もしてしまった。本も読めないし、テレビを見ることも出来ない。今のところ僕に出来るのは、受信のわるいラジオに耳を傾けることくらいだ。こんな風に生きていると、何だか、自分が日々干上がっていく海のように思えてくる。

先月、一時帰国した四元さんと久しぶりに会って話をした。僕はどうしても詩のことが考えられないのに、彼はどうしても詩のことしか考えられないみたいだ。

今朝は川沿いの砂利道を小一時間ほど散歩。知らないひとたちから、溌剌とした挨拶を受ける。

2004.11.4

5

凍土

冬は一夜にしてきた
草に降りた霜は褪せた緞帳
雪の沃土はチョコレートファッジ　落葉の
赤がぼうっと血のように滲んで

梢は白骨
曝けだそうとしながら
風景は修辞の布にくるまれてゆく
あのひとなら

Y

艦褸というだろうか
君は毎日川沿いの道を歩くといったね
憑かれたように私も歩いている
踏みなれた道が

昨日と寸分違わぬ角度で分岐しているのを見ると
胸がつまる
木は木のかたちをして
風に鳴って——か

あのひとがこぼしたパン屑を啄むようにして
ついてきた私たち
だが表象の森の窪地は
不気味なほど静まりかえっている

意味の腐葉土に埋もれた無言の地形を

掘りだすことが私たちの専攻
授与されるべき
学位は孤独

棄ててきた筈の仔犬のようにどこかから駆けてきて
纏いつく（覚えがありませんか）絶句の充実
その一瞬を分かち合う術はないが
今朝君にこの凍土を贈る

十月半ば、ほとんど衝動的に会社を辞めることにした。わずか数週間前には、これからも詩人とサラリーマンの二足の草鞋を履いてゆくつもりだなどと新聞のエッセーに書いたばかりなのに。帰国して社長に会うと、「びっくりしたけれど、驚きはしなかったよ」。八重洲の本屋の公衆電話で谷川さんと話す。「子供たちが独立するまでそっちにいれば？　それくらいはお金、あるんでしょう」友人に打ち明けると、彼は一瞬無惨なものを見る目になった。ぼくはふわふわした妙な気分だ。地面が白い雲になって、背中から羽根が生えて、飛びたってゆくのかと思えば、ゆっくりとどこかへ墜ちてゆくような。

2004.11.28　ミュンヘン

6

悪意

あれほど執拗だった夜が朝に説き伏せられて
日の光が地平線を燃やし始めた
森は暗い夢を食べてまた少し大きくなり
雲は悪い予感に誘《いざな》われて空を漂う

こんな時にたった独りでいると分かってくることがある
約束された場所に来たのに独り　なのではなくて
約束された場所に来たから独り　なのだということ
来ないものを待つのがわたしたちの仕事だと詩人は書いた
だが　ひとは誰でも来ないものを待っている

T

来るものを待っている時でさえ

夢のような風景だ
だが夢のようではない風景があるだろうか
晴れた日の光景は　曇天の景色は　どしゃ降りの情景は
夢のようではなかったろうか

僕はあなたほど詩を愛してはいない
それからあなたほど詩から愛されてもいない
けれども詩は頑迷な蔦のように僕の足元にからみつく
まるで僕が歩き出すのを阻もうとする
悪意みたいに

それでも小綺麗に身支度を整えて
足早に出掛けていく善意よりは
あの取り澄ました敵意よりは

悪意の方がいい

僕は蔦を諫めることもせず
あなたから贈られた凍土を歩く
きっとあのひとはこうやって歩きながら
蔦そのものになってしまったのだと
脅えて考えながら

僕は硬過ぎる凍土を歩く
背後で太陽は黄金色に昏迷し
僕の足取りはまるで罰のように
次第に重くなっていく

週末に、Kさんに教えてもらった大船にある治療所まで、電車に乗って出かけていく。ちょっとした小旅行のような趣だが、心は浮き立たない。治療所は近代的な白い建物の二階にあって、入ると奥から西郷隆盛の曾孫（がいたとしたらの話だが）のような容姿の若い男が現れ、話しかけてきた（しばらくするまで、彼がこの治療院の治療者なのだということに気づかなかった）。やがて僕の眼の話になってひととおりの説明を終えると、ベッドの上に寝かされた。西郷隆盛の曾孫は、ベッドの傍らで僕の体をつぶさに観察している。どうやら、僕に見えないものが彼には見えているらしい。それから、何かの手品みたいに、右手を上下左右に振って指をぱちんぱちんと勢いよく弾くと、僕はあっという間に底の知れない深い眠りへと落ちていった。

しばらくして目を覚ますと、すでに治療は終わっていたが、よくよく曾孫に聞くと、今回は眼ではなく骨盤を治したのだという。訳の分からないまま帰途に着く。

今朝は一日中雨。だるくて、何をする気もしない。

2004.12.9

7

泥の暦

張り替えたばかりの障子に
朝の光が溜まっています
まるで死後の世界みたいにひっそりと
そこへ家族の寝息が波のように打ち寄せてくる

暮には墓参りへいってきました
二十五年ぶりに壺の蓋を開けると
びっくりするほど真っ白なままの母の骨に
酸化した朱が珊瑚のように飛び散って
遠くには相変わらず

Y

海があって

陽が沈む直前
路上にちらばる砂利粒のひとつひとつが
一斉に影を投げかけていた
あんなにも身を挺して
なにを指し示していたのだろう?
だがそれもすぐに呑み込まれてしまう
もっと大きな影のなかに

精霊のように輝いて
真夜中の自販機に立ち並ぶ容器たち
あのポカリスウェットと
このポカリスウェットの
同語反復のうちになにかが隠されている

ぼくは一度も欠落から書いたことはなかった
縁から溢れこぼれる余剰こそが
ぼくの身上だった

自らの湛えるもののなかに沈んでゆく

水底に横たわるコップは
空っぽ、それとも
満杯?

食卓にドレッシングの壜が立っています
どろりと濁った液体が
窓から射しこむ朝陽に透かされて
バジリコやなんかの切片が
均等に分散したままいつまでも浮かんでいるのを
ぼくは見ている

………

泥の暦が捲られて
初めてぼくはユーウツを知った

家族と里帰りしている。ほかにすることもないまま、南欧のような陽気に誘われて三度も初詣へ。下された宣託は「時が来て、思うことも次第次第に出来て、幸福目の前に集まるけれど、よくよく物を考えしないと不意の事があって、損をすることがある。それを心得てすればよい」末吉だった。

2005.1.5　フクオカ

8

嗚咽

かの地であなたは毎朝秘蹟を欠かさない
家禽よりも早く目を覚ましコンピューターに向かう
世界はまだ闇に包まれ
妻は物憂い夢の舟に揺られている

コーヒーの湯気があなたの導師になる
ドイツ式の挨拶とともに神聖な時間が訪れ
あなたは沸き立つ詩行に埋もれて至福の時を過ごす
たった独りで幸福になってしまってもいいのだろうか
そんな問いかけは抽斗の奥にしばし片付けてしまう

T

暫くすると居間から妻や子供たちの声が聞こえてくる
神聖な時間は踵を返しながら片目で合図を送る
今朝はここまで　明日また会おう
あなたは未完成の原稿からゆっくりと眼を上げる
立ち往生した詩行が産声を喉に詰まらせて嗚咽を始める

と　そんな風に僕はあなたの朝を思い描いてみるのだが
あなたはきっと呆れて反駁するかもしれないな
そもそも俺は秘蹟とはまるで無縁だし
それに毎朝家禽より早く目を覚ます訳でもないよ　と

だが僕は想像せずにはいられない
時間が迫ってあなたがゆっくり断念し
火の粉を振り払うようにして詩行を振り払いながら
暗い書斎を後にして食卓へと向かう姿を

そんな時あなたの脳裏を横切る託宣がある
「時が来て思うことも次第次第に出来て幸福目の前に集まるけれど
よくよく物を考えてしないと不意の事があって損をすることがある
それを心得てすればよい」

来年の今頃　いったい何処で何をしているんだろうとあなたは思う
僕には現実のあなたより想像のあなたの方がはっきりと見える
あなたは木枯らしをトーガのように纏って
ミュンヘンの田舎道を歩いている

きっと魂は泥濘で出来ている
歩くたびに泥の飛沫が飛んで
俺たちの詩行は汚れてしまう
だが先を急がない訳にはいかない

ここまで歩いて来た道だもの
引き返したらもっと迷うことになる
だが汚れてしまった詩行に
降りかかる雪はあるのだろうか

問いかけても答えは返ってこない
あなたはせめて沈黙を聴き取ろうとする
すると遠くから産声を喉に詰まらせた詩行の
激しい嗚咽が聞こえてくる

治療の影響で、一日の大半を眠って過ごす日々が続いている。少し前までは、不安のあまり、眠りたくても眠れなかったというのに。時々電話がかかってくるが、そのまま鳴るに任せておく。

2007.2.21

9

眠る男

眠っている男を見ていると
なんだか無性に起してやりたくなる
足の裏をくすぐって
鼻をつまんで

眠っている男の顔は
どことなく間が抜けていて
醒めているものにはそれが可笑しくも
羨ましい

Y

眠っている男が
眠ることで目覚めようとしている
もうひとつの別の世界
そこにはどんな光が射しているのだろう?

　とおりゃんせ　とおりゃんせ
　とおい歌声がきこえる

眠っている男の
魂は忙しい
言葉の杖もつかずに
はだしで混沌の細道を踏み分けて

眠っている男に向かって
なにをどう話しかけてよいか分からないので
わたしは窓から

青空に浮かぶ雲を見ている
いきはよいよい　かえりはこわい
笑ってるのか泣いているのか

男がひとり眠っている
無我夢中で

正式に退職するのは合併作業が一段落する九月末と決まったが、周囲に辞めると言いふらしているうちにどんどん閑になってしまった。休みをとって、ロッテルダムにポエトリー・インターナショナルの事務局を訪ねる。欧州でも有数の港湾都市であるこの街では、毎年六月に大規模な詩祭が催される。工業製品や農産物と並んでいわば詩も交易されるわけだ。一階に洋品店の入った小さな建物の二階に詩書がぎっしりと並び、三階には四五名の若いスタッフが忙しく立ち働いている。ディレクターのバス、美貌のエディター、コリーヌ、大学院でコミュニケーション論を研究しているというマーローズらとポエトリー・インターナショナル・ウェブ日本版を立ち上げる相談。仕事を辞めたあと、なにかひとつはルーティンを持っていないと落ち着かないだろうと思って参加したのだが、彼らと話しているうちにだんだん複雑な気持ちになってくる。ここでは詩が、祝祭であると同時に日常でもあるのだ。そしてそういう場所へぼく自身がいま向かおうとしている。だが日常と化した詩ってなんだ？　詩と化した日常に人はどこまで耐えることができるのだろう？　夕食の席で、コリーヌが最近観た日本映画『眠る男』の話を始める。「とても深く心を揺すぶられたわ。でも画面でなにが起こっているのか、わたしには最後まで分からなかった」あいまいに頷き返しながら、ぼくはもうひとりの「眠る男」のことを思っている。

2005.3.29　ロッテルダム

10

T

超短編1　折り重なる羊たち

眠れなかった頃は、柵を飛び越えていく羊たちを、瞼の奥で数えて夜を過ごしていた。だが、いまや僕が「眠る男」になったため、羊たちが大量に失業し、路頭に迷っているという。

ドリーミング・シープ社のサービス課から来た男は、僕のベッドの端に腰掛けて言った。こういう羊というのはきわめてやっかいな品種でしてね、夢と現《うつつ》のはざまに棲息しているから、使い勝手がなくなったからといって食肉にする訳にもいかないのですよ。通常役目が終わった際には、お客様に引き取っていただくのが慣例となっています。それぞれの羊は、お客様の想像力に合わせて遺伝子操作されていますから、必要がなくなったからといって、他のお客様にお使い頂く訳にも参りません。およそ六〇〇頭ほどですが、本日を持ってすべての羊を引き取って頂くことになります。こちらが承諾書です。欄内に、署名捺印をお願い出来ますか？　餌は、日に三度ほど、想像の草を与えて頂けば結構です。それでは、私はこれで失礼します。新しいお客様の羊が、週末に柵を飛び損ねて前脚を折ってしまいましてね。これから想像の医療チームと一緒に、至急現地に向かわなければならないのです。

男が立ち上がると、ドアから六〇〇頭の羊たちが一斉に部屋へと雪崩れ込んできた。一刻も早くここを脱出しなければならない。さもなければ、僕は羊たちの想像の体重によって圧死してしまうだろう。危険を覚った僕は起き上がろうとするのだが、なぜか起き上がることが出来ない。助けを呼ぼうにも声が出ない。羊たちは意気揚揚と跳躍し、次から次へと僕の体の上に折り重なっていく。万事休す、か。きっと僕は、想像の死か、そうでなければ本当の死を遂げることになるだろう。そう悟った時、突然、夢から目が覚める。

覚醒

あなたから詩篇が届いたのは
僕が長い長い眠りから覚めた後のことだ

長過ぎる眠りを彷徨ってしまうと
覚醒した時　世界の輪郭があやふやになる
眼が夢を見ることに馴れ過ぎて
現《うつつ》と焦点が合わなくなるからだ

だが本当に「眠り」の反対は「覚醒」なのだろうか
むしろ詩とは眠りながら覚醒することではないか

暗い海の底のような眠りの中で
いったい僕は何をしていたというのだろう
僕は何かを放棄していたのか　何かに回帰していたのか
それとも得体の知れない何ものかに拝跪していたのか
ロッテルダムの眩いレストランで
詩を愛するひとたちが「眠る男」について

想起していた時

*

「嗚咽」を書き送った数日後に
あなたは僕に感想を送って寄こしたな

君の詩を面白く読んだ。でも詩の中に自分が登場すると聊か照れてしまうよ。「木枯らしをトーガのように纏って」なんて、まるでシューベルトかベートーベンみたいじゃないか。それから僕が朝飲むのはコーヒーではなくて、アールグレーの紅茶。そして書斎の代わりに、妻と共同で机を使っているのは屋根裏部屋だ。でもあとは大体君の詩の通りだね。家禽といえば、家の向かいがドイツでも五指に入るっていう誇り高き肉屋でね、時々夜明け前に牛が屠られる。騒ぎ立てる牛たちの叫び声で眼を醒ますこともある。

きっと僕が長く眠り過ぎたのは

僕が「屠られる牛たちの叫び声」を待っていたからだ
中途半端な眠りにも　中途半端な覚醒にも食傷していて
詩行と詩行の僅かな隙間に避難しては
天候を占うように救済を占っている

あなたは今朝も
彼らの悲鳴で目を覚ましたの?

*

眠ることが僕の仕事だったから
覚醒した僕は生まれて間もない失業者だ
だが僕は再び眠りに入っていくだろう
草深い詩行の中に分け入って
暗い方へと歩んでいくだろう

そうしてゆっくり呟くだろう
だが本当に「眠り」の反対は「覚醒」なのだろうか
むしろ詩とは眠りながら覚醒することではないのか　と

好きだったコーヒーも、お酒も止め、肉食も断った。むろん、だからといって超然とした心境に至れる訳でもなく、むしろ全く逆なのだが。

週末に女友達が遊びに来て、書き上げたばかりの詩をタイプしてくれる。ミンクやマスクラットは、罠にかかると自分の足を食いちぎってでも自由になろうとするそうだ。だが、僕はいったい自分の何を食いちぎれば自由の身になれるのか、良く分からない。

彼女は楽しそうにキーボードを叩いている。ぼくは、花曇りの空を、ただぼんやりと眺めている。

2005.4.5

11

水切り

Y

　復活祭だというのに湖は凍っていた。岸辺からわずかに融けだした細い水の輪は、丘の上から見下ろすと、デルフト焼きの壺の青い縁取りのようだ。

「あそこまで行ってみようよ」

　ゴミの散らばる狭い砂浜をうろつきまわるうちに案の定彼らは平べったい石を拾い始める。兄の投じた石がうまく水を切って沖の方へ滑ってゆくと妹は歓声をあげた。

　氷の上には亡霊のように靄が居座っていて、眼を凝らしても対岸は見えない。

「これミズキリ、それともイシキリ？」息子が訊いた。

「水切りよ、石切りはほんとに石を切ること」母親が答えた。

「指切りげんまん、ふたりきり」父親が始めると、

「裏切り、ハラキリ、死んだふり」息子が笑い、

「これっきり、これっきりようー」母親が古い唄を口ずさんだ。

氷と霾と空の景色は無闇に眩しいばかりで取りつく島がない、と父親は思う。ただ石だけが投げられるたびに少しずつ配置を変えて偶然のなかに秩序を手探りしている。ちょうど白い紙に書き散らした言葉がいつの間にかひとりでに意味をなしてゆくように。いや、むしろ底知れぬ混沌だろうか、つるんとした氷越しに石が夢見ているのは?

「寝たきり老人、踏み切り渡って」母親はまだ続けている。「行ったきり」

突然彼は身の竦む思いに襲われる。すぐ足元から始まる水の総量の途轍もない気配を感じて。その最も深いところから、無数の気泡に包まれた何かが現れようとしている。かつて投げ入れられたすべての礫を吐き出しながら巨大な涙の雫のように湖面が盛り上がってゆく。そんな幻想が一瞬彼を誘うが——

「あら、鐘の音。ミサが始まるのかしら」

「ねえパパ、やってみて」

娘の差し出す小石を受け取り、横ざまに腕を振りかぶると、眼前に広がるのはどこまでも白い骸布で、

「思いっきり!」

娘が黄色い声をあげた。

復活祭の休みに「バイエルンの森」へ旅行、チェコとの国境沿いにハイキングをするつもりが、驚いたことに山道はまだ深い雪に閉ざされている。予定を変更して国境を越え、南ボヘミアの旧都、チェスキー・クルムロフまでドライブする。その途中に位置するナドロッ・リプノと呼ばれる湖は、プラハへと続くブルタヴァ河の上流を堰きとめて作った人造湖だ。ベルベット革命以降、もっぱらオランダの資本で観光化が進んでいるが、同時に社会主義時代には隠蔽されていたドイツ系居住者、いわゆるズデーテン・ドイツ人の強制退去をめぐる補償問題が浮上した地域でもある。彼らの追放後、湖の底に沈められた集落の数は約二十、いまでもかつての地表が剝離して水面すれすれまで浮かび上がり、観光客のモーターボートと衝突して事故を起すことがある――というのは、ミュンヘンに帰ったあとで年長のドイツ人から教えてもらった話だ。

九月以降、どこで生活するかについて家族会議を開く。候補は①日本、②(子供たちが国籍を持つ)アメリカ合衆国、③ドイツといったところだが、子供ふたりの圧倒的な支持により③引き続きミュンヘンに居残ることに決定する。たしかに米国で生まれドイツで育った彼らがこれから日本で暮らし始めるのは大変だろう。僕自身にとっては職の面でも、物を書く言語環境の面でも宙ぶらりんな状態が続くことになるが、なんとか新しい暮らしの形を手探りしてゆくほか仕方あるまい。

2005.4.20　ミュンヘン

12

超短編2　オオカミに変身する羊

①その羊は、こともあろうに羊の群れの中にいるとオオカミに変身してしまうのだった。オオカミになったかれの姿に驚いて、仲間たちは一目散に逃げるのだ。だが、群れから離れてしばらくするとかれはふたたび羊に戻る。何だ、やっぱりやつは俺たちの仲間ではないか。きっと俺たちの目がどうかしていたのだろう。そう考えて、羊の群れはふたたびかれを迎え入れる。するとたちまち、かれはまたオオカミに変身してしまうのだった。

②こんなに何度もオオカミに変身してしまうくらいなら、いっそのことオオカミになってしまえばいい。かれはそう思って、オオカミの姿のままオオカミの群れに近づいていったことがある。とにかくかれはさびしくて、仲間がほしくて仕方がなかったのだから無理もない。けれども、案の定、オオカミの群れに入るとかれはあっという間に羊に戻ってしまうのだった。その時は、無我夢中で群れから逃げて、なんとか命拾いしたのだけれど。

③ああ、これはきっと悪い夢に違いない。だが、もしもこれが夢だとしたら、どうしてい

T

つまでたってもぼくはこの夢から覚めないんだ?

④かれは、「死ぬまで覚めることのない夢」と、「現実」とはいったいどう違うのか、考え始めた。羊になりながら、オオカミになりながら、そしてまた羊に戻りながら、かれは昼も夜も考えつづけた。だが、結局答えの見つからないまま、かれはその短い一生を終えた。

⑤幸か不幸か、かれの死は、夢ではなかった。

フロイトの顎

顎の癌は大したやつだった
一言も口をきかずに
彼の肉体を侵し　蝕み
粉々に打ち砕いた

それが彼のグラスに注がれた
最期の現実だったから
彼はそれをモルヒネで割ることもせず
一滴残さず飲み干した

詩が僕たちを侵し　蝕み
粉々に打ち砕いてくれたならと
僕たちは性懲りもなく
考える

だが詩を病むためには
僕の肉体は脆弱過ぎる
詩を病むためには
あなたの肉体は頑強過ぎる

眠りの海に難破するたび

僕らは朝に打ち上げられる
目覚めることは座礁すること
跡形もなく打ち砕かれた

言葉で出来た僕らの櫂を
取り戻すために僕たちは書く
そんな書き方があっていい
僕らは夜毎出帆する

夕方、近所の針灸治療院ではりを打ってもらう。施術しながら、院長が色々なことを話してくれる。「肩こりというのは、人間のように『顔』を持っているのですよ」と彼。「西洋医学の人たちはこういうことを言いませんが、私はいわば、こりの顔を見ながら仕事をしています」。僕は、はあ、とだけ答える。それから「病気には運命があります」とも。「あるいは、方向性とでも言うのでしょうか。かなり進行してしまった癌のようなものでも、その病気が良い方向を向いていれば良くなるし、逆に言うと、軽いものでも、その病気が悪い方向を向いていればどんどん悪くなってしまいます。不思議なものです」。

僕は目を閉じながら、なるほど、とだけ答える。ちなみに、ぼくの肩こりがどんな「人相」をしているのかは、あえて訊ねなかった。

2005.5.7

13

We are the hollow men
We are the stuffed men
Leaning together
Headpiece filled with straw. Alas!
Our dried voices, when
We whisper together
Are quiet and meaningless
As wind in dry grass
Or rat's feet over broken glass
In our dry cellar

Shape without form, shade without colour,
Paralysed force, gesture without motion;

Those who have crossed
With direct eyes, to death's other Kingdom
Remember us—if at all—not as lost
Violent souls, but only
As the hollow men
The stuffed men.

('The Hollow Men'——T. S. Eliot)

空っぽのひと

空っぽになってみたいな
原っぱにたっていたいよ
頭のなかに詰めこまれた言葉を

藁みたいに干せたらいいな
お日様の下できれいに斜めにそろえてさ。ほら、
乾ききった草の上を
風が吹きわたってゆくよ
あんなふうに囁いてみたいんだ。
乾ききった地下室で
ガラスの破片を跨いでゆくネズミたち
あんなふうにそっと、意味から解き放たれて。

縁取りから自由な形、どんな色にも染まらない影、
傷つけることのない力、羽ばたく翼の残像——

地上から立ち去ったひとびとと
ふたたび交わることができるように
あの世から振りかえった者のまなざしで
この世の自分を見つめることができるように

空っぽになってみたいな
原っぱにたっていたいよ。

シシリーに来ている。フィングステン（聖霊降臨祭）で、またしても学校が二週間のお休みなのだ。仕事を辞めても（まだ形だけ続けてはいるが）、ドイツにいる限りはドイツ風の休暇をとり続けることになるんだろうか。そんなことをしていたら貯金がすぐになくなってしまう。

妻が脹脛をイソギンチャクに刺されてひどいミミズ腫れになった。娘も唇の横を刺されたがこれはすぐに引いた。急な坂を登り、バッカスの神殿を訪れた。気の触れた男が下へ降りる道を誰彼構わず尋ねていた。『ゴッドファーザー』でおなじみのコルリオーレ村に行こうとして、いまだに中世アルバニア語を話すアルバニア人部落にさまよいこんだ。島の名物は鰯料理で、日が暮れると広場という広場にはお喋りの声が溢れる。眠る前、バンガローのベッドに横たわると、かすかに島は揺れている。

2005.5.25　Cefalu, Sicily

14

交歓

彼らは澄ました顔でいうのだ
五十億年も前に人類が
詩を刻み　宇宙の果てに打ち上げた孤独な石板
寒くて暗い時を越え
今われわれは返歌を携え　やって来た
われわれの哀しみも受け取ってくれ
やがて爆風に草は靡き
地は揺れ　僕らは膝から崩れた
そうして夕暮れの原っぱから
ＵＦＯは忽然と姿を消した

T

眼が少し良くなったので、アーヴィングの小説を読み始めるが、すぐに疲れて止めてしまう。まだまだ先は長いことを、切実に思い知らされる。五月から始めた銀座の古美術商での仕事を、数週間たらずで辞めてしまう。そのことで友人にさんざん責められる。

2005.6.7

15

シニカカッタ人

詩に罹ったひとが
職場の同僚と談笑している
詩はうつそうにもうつせないから
彼はだれにも疎まれない
ただ乾いた憐憫の眼差しを授かるだけだ

詩に罹ったひとが
すき焼きの材料を買ってくる
脳のように震える白滝を見ながら
生煮えの詩句を思い出して顔を顰める

Y

とても食えたもんじゃない！

詩に罹ったひとの
妻子こそは哀れなり
彼の書く詩はどれも三行半《みくだりはん》
生活に、世間に、それとも現実に？
マイホームパパの遠吠え

詩に罹ったひとに
どんな薬をつければいいのか
批評家の毒舌も馬耳東風
むしろ詩など読んだこともない者の
寡黙な爪垢にこそ抗体は潜んでいるのだが

詩に罹ったひとも
人一倍欲は深い

富、名声、権力、女……
……美、と呟いて彼はゲッソリする
詩は麻疹ではなく慢性疾患だ

詩に罹ったひとを
だれが看取ってやるのだろう
いつか老いさらばえた彼のもとから
詩は立ち去ってゆく
丹念に若作りして、颯爽と

詩に罹ったひとよ
嬉しいか　詩まみれになって
詩漬けにされて　本望か
耳を裂かれても黙らなかった一途な芳一
のたうち回るミミズの筆跡

詩に罹ったひとから
クリシェの毛布がずり落ちる
十二月の蝿の足取りで
清らかな光のなかへよろめきでて
言葉なき嚔《くさめ》を（唾もとんで）吐き散らす

まだ会社に通っている。でももう仕事はきれいさっぱりなくなってしまった。仕方ないから、広いオフィスにひとり座って、ふたつあるドアも閉め切って、一日中詩を書いている。仕事がなくなると、職場の人にはわたしの姿が見えなくなるようだ。透明人間。掃除婦のおばさん（タイ人だという）ばかりが話しかけてくる。なるほどこれが「窓際族」の心境というものか。そういえば、いつかそんな詩を書いたこともあった。

「窓際」

今私に与えられている役割　それは
私の机が置かれている位置からして余りにも明白だ
私は外を見るひとなのである

床に掃除機かけてゴミ箱にゴミ袋かけ代えてからね
天井の照明全部消すでしょ
そのときが一番好きなのよわたしは

「掃除婦」

このシステムにそぐわぬものは地平の彼方に追いやりなさい
たとえそれが君自身であったとしても

「会計」

二十年も前に冗談だと思って書いた言葉がひとつずつ現実のものになってくる。身から出た錆とは云え、オソロシイ。五時になるとネクタイを締め直し、社用車に乗って帰宅する。妻と子供たちが「お帰りなさい」と声をかけてくれる。なんだかスパイにでもなって二重生活を送っているようだ。

2005.7.17　ミュンヘン

16

聖者の行進

言葉を追いかけて一生を過ごしてしまった
人間の事は何ひとつ分からなかった
そんな文字の刻まれた墓を夢で見たよ

あれはあなたの墓だったのか
それとも僕のそれだったのか
確かめようとしたら目が覚めてしまって
それっきりになってしまった

その朝　ギリシアにいるあなたから

T

砂塗れの絵葉書が届いた

前略、バルカン半島を抜けてマケドニアへ。ここで、様々な詩人に会いました。痩せこけて、下着の着替えも持たない貧乏詩人。執筆と朗読旅行に忙しいと誇らしげに語る成功した詩人。党の肩書きを二十余りも持つ上海の詩人。五十を過ぎてからやっと初潮が訪れたと真顔で語るポーランドの詩人。神と繋がる為にはどうしても酒が必要なのだとグラス片手に諄々と説くオーストリアの詩人。二十歳そこそこの女流詩人を鷹揚にベッドへ誘う七十過ぎの老詩人。当然の事だけど、何処もかしこも詩人だらけで、何だか妙な感じでした。
その後、南下を続けてギリシアへ。ようやく夏らしくなって来ました。元気で。また、詩を送ります。

二〇〇五年九月二十日　四元康祐

*

詩人の墓を詣でた帰り
電車を降りると彼女は駅から

裸足で歩き出した
海の向こうの旋律で
颯爽と口笛を吹きながら
靴を履いて行けるところなんてたかが知れてる
せいぜい薔薇園か大統領官邸　あるいは
オペラ座か月面くらいがやっとじゃないかしら
ぼくも彼女のような裸足を持ちたいと思った

天国へは裸足で歩いていくに限る
彼女は見えない聖者たちと行進していた
ぼくは後から追いかけながら
聴こえない行進曲を聴いたのだ

　ある筋から、今月はテロの危険があるので都心への外出は控えた方が良いと言われる。数人の友人・知人には注意を促したが、結局、平穏に日々が過ぎた。

2005.9.30

17 推敲

Y

〈きっとこの男は詩を書いているな、真正直な実感にみちた商人の詩を[註]……〉

俺は峠に立っていた。里の方から、生活者の自分がうねうねと坂を登ってくるのを見下ろしていた。そいつがいよいよやって来たとき、俺は狭い路の真ん中に立ち塞がった。そいつには俺の姿が見えないようだった。見えないままに妻子の手を曳いて脇を通り抜けようとした。エイッとばかりに俺はその背中を突き飛ばした。妻子もろともそいつは崖っぷちから落ちていった。甲高い悲鳴が聞こえたような気もしたが、すぐに静かになった。

生活者の自分がいなくなると、俺はなんとなくそわそわして、しゃがみこんで耳の後ろを掻いたり、虫に喰われた落葉をしげしげと眺めたりした。ひょいと立ち上がると、崖っぷちから谷底を覗きこんだ。

谷間は空のように深く、底は朧に霞み、渓流の迸る音がかすかに聴こえた。生活者の自分とその家族は米粒のように小さくなりながらまだ失墜を続けていた。なかなか谷底に着かないので落下そのものが日常と化したのだろうか、空中遊泳でもするようなのんびりとした風情で、笑顔を交わしながら莫蓙を広げている。

――どこまでもしみったれた奴らだ。

だがこれでもうさっぱりとした、峠を越えて先を急ぐかと思ったとき、いつの間にか自分がこんぐらがった紐の塊りと化しているのに気がついた。なんともだらしない姿勢で、俺は崖から突き出した松の小枝に絡まりついているのであった。気ばかり焦れどどうにもならない、どっちが頭の先でどっちが爪先とも知れぬ紐の端をぷらぷら揺らしているほか術がない。さては困った。このままでは埒が明かぬ。おーい、だれか俺を解いてくれー。それがだめなら、せめて吹き飛ばしてくれー、谷底から吹き上げるひんやりした風に乗せて、あの青い響きの絶え入る方へ。

＊

書斎と称した屋根裏部屋の傾いた天窓に、雪と氷が積もっている。真ん中には乾いた雪の結晶も見えるが、周辺では融けだした氷のしずくが紆余曲折を描きながらの行軍を続けている。ガラス越しに仰ぎ見る氷模様は、複雑なフィヨルドの航空写真か、細胞の病理標本の顕微鏡写真のようだ。先月からいよいよ無為の日々が始まった。妻は外出、子供たちは学校。午前十時の家のなかは静まりかえっている。階下の地下室の一番奥から洗濯機と乾燥機のかすかな唸りだけが響いてくる。いつかはあそこまで降りてゆかねばなあ。擦れた口笛を吹くともなしに吹きながら、白々とした天窓を見上げている。

＊

眼を覚ましても
なんにもすることがない
鎧戸から洩れる陽に
白い壁がぼうっと浮かび上がって
私はもう日付を数えもしない

どうやら私は
自分の生を一篇の詩に見立てて
些か乱暴な推敲を加えるつもりらしい
テニヲハよりもむしろ
文体そのものを変えようと

言葉の扉のかわりに
暮らしの形を推してみたり敲いてみたり
私は怖々見つめている
殻を剝かれたゆで卵のような
つるんとした魂

思えば子供の時分から
自分の身体を触るのが好きだった
触っていたのが自分なら
触られていたのは
誰なのか？

眼をつむると
温かい吐息が頰にかかる
ひんやりした指が下腹へと伸びてゆく

朱を入れられる一行のように
私はじっとしている

註　トーマス・マン『トニオ・クレエゲル』より、実吉捷郎訳岩波文庫版

2005.11.23

18

宇宙飛行士の夜

月面を訪れた宇宙飛行士
のような気持ちで
夜に着陸すると
水を打ったように静かなので
かえって耳を塞ぎたくなる

朝と違って夜には
足場というものがないんだ
とりあえず足の下にあるものが
きっと足場なんだろうと

T

ぼくらは見当をつける

するとぼくらが歩くたび
新しい足場が生まれては光る
まるで散りばめられた星のように
それらが明滅するのが分かる

闇と親しくなればなるほど
闇は深みを帯びてくる
ライフジャケットも宇宙服もない
ぼくらの装備はぼくらの沈黙だけ
ぼくらのぎこちない祈りさえ
闇の中ではあまりに華奢な
オノマトピアだ

どんな航空力学も

どんなに精密なロケットも
連れてはいけない場所がある
朝になればきっとまた
すべてが喧騒に紛れてしまう

だからぼくらはここにいて
見えない地平に
目を凝らしている

振り返ると
ぼくらの辿った足跡が
星座になっているのが見える

2006.1.17

19

穴

すうーっと
空気の洩れてる音がする
隣に夫の姿はない
枕もとの時計は４：43を示している
またひとりでカイテいるのだ、こそこそと
カシャン！
渇いたギロチンの響きをたてて
４：44がやってきた

まっくらな部屋にいると

Y

喉の奥がつまってわたし息ができなくなる
心の気づいていない災厄に
身体は怯えている？

詩の腐肉を求めて
キーボードの上を這いまわる
蟹蟹蟹蟹蟹蟹蟹蟹蟹蟹蟹蟹蟹蟹蟹蟹蟹蟹蟹

……あのひと
あんなにヤッキになって
わたしをどこへイカセたかったんだろう
自分じゃ片時だって自分から離れられないくせに

白い紙の前に座って
月面に降りたった宇宙飛行士を気取るひと
カッコイイ言葉以外はみんな

沈黙か喧騒かで片づけてしまうひと
男の心はガラスのコップね
ひんやりして、つるつるの、からっぽで
向こうの景色が透けてみえてる

じっとしてると痛みが戻ってくるのよ
星の光か　季節外れの耳元の
蚊の声みたいに

ああ、どいつもこいつも
うるさったい！
わたしひとりきりで
空気の洩れてゆく音だけきいていたい

すうううううううぅぅぅ

どこにあるんだろう
眼に見えない
針の先の

穴

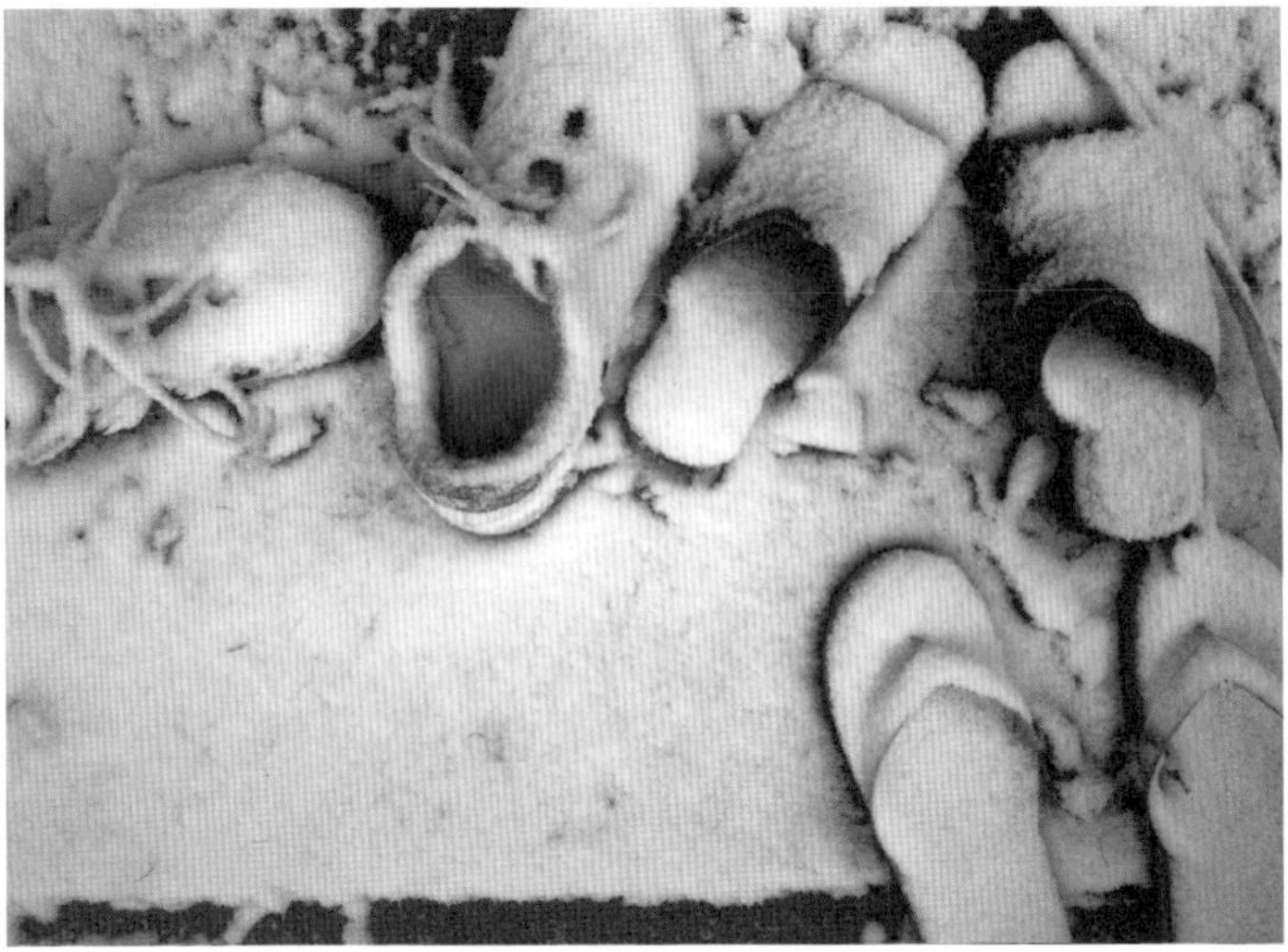

2006.2　ミュンヘン

20

タイムマシンの朝

錆び切ったタイムマシンが
岸にひっそりと打ち上げられて
未来を懐かしんでいる
嗄れたジェラルミンの声で

ぼくはこっそり潜入して
朽ちかけた操縦桿を両手で握る
誕生と消滅の二進法で軋むコンピューター
石斧の記憶の火照る仄かな朝焼け

T

昔　大西洋を横断したリンドバーグが
翼に向けて語りかけたみたいに
ぼくはフロントグラスに話しかける
どんな魂の重荷に耐えかねて

おまえはこの地に不時着したのか
夢見がちな幌馬車
無我夢中だった蒸気機関
ききわけのない原子力

だがおまえはおまえの時代から滑り落ちて
管制塔からの通信も途絶えたきりだ
まだ人類が言葉を持たなかった頃
本当はそんな時代に

おまえは着陸する筈だったのに

そうしてそこにたっぷりあった沈黙を
おまえは寿ぐ筈だったのに
もはやすべてがご破算じゃないか

フロントグラスにはいっぱいの
朝露

21

風、石を誘う

ねえ、石、
あなたどこから来たの？
あの青空の奥から降ってきたの？
地の底から湧いてきたの？
それとも誰かの上着の
ポケットのなか？

ねえ、石、
いまなに考えてるの？
マンモスに踏んづけられたときのこと？

Y

美しい殉教者の顔めがけて
都の処刑場で投げつけられたこと？
それともひとりだけ生き残る核戦争の翌朝のこと？

いいのよ、無理に答えなくても
誰とでも調子よく話を合わせてばかりの水とか
派手に騒ぎたてるわりには
あっけなく燃え尽きてしまう炎より
無口で孤独な頑なさが
あたしは好き

昨日、あたし、海の上にいた
その前はサバンナ、その前はサハラ
この星のどんな路地裏だって知っているわ
たったひとつ〈故郷〉という名前の
土地だけを除いてね

自由って案外疲れるものよ

ねえ、石、
あたしといっしょに浮かんでみない？
きっとできるって、ふたりで力をあわせたら
一ミリの百万分の一でいいから
地面から離れてごらん　たとえ石でも
総毛立つわよ

22

ささげる

石にささげる *Dedicated to Stone*

1

どんなに砕かれても
たとえ微塵になったとしても
おまえは決して傷つかない

2

おまえは偶像になることがある　すると――

T

おまえを愛でる人々が現れる
おまえを憎む人々が現れる
おまえは突然拝跪される
おまえは突然砕かれる

おまえはとても忙しい
おまえは何ひとつすることがない

3

キリストの石　ファラオの石
モーツァルトの石
おまえは密使だったことがある
あまりに賢者に過ぎて
愚者そのものになってしまった石
あまりに小心に過ぎて

奔放そのものになってしまった石

4

「豊かな人生」そんな標語を
おまえは優雅に憫笑する
冷たい時のおまえは美しい
おまえにも密かな乳房があって
それは今堅く立っている

5

わたしたちが月に到着した時
おまえはすでにそこにいて
わたしたちを待ち侘びていた
どんなＳＦもおまえにとっては

埃のかぶった古典と変わりがない
おまえが仄かな微光を放つと
宇宙人たちが駆けつけて
おまえの熱を優しく計る

6

旧石器だとか新石器だとか
そんなことが問題なのではない
歴史よ　さっさと進歩するがいい
宇宙はけっして進歩しない
どんなミサイルが打ち上げられても
宇宙は決して傷まない

星にささげる

Dedicated to Stars

星は死んでも光を残して
束の間　僕たちを照らすのだ

地上のやり切れない騒々しさを
けっして拒もうとしない静寂
かき乱された僕たちの胸のうちと
繋がろうとする冷たい真空

抱かれているはずなのに
晒されていると信じ
祝福されているはずなのに
罵りあう
僕たち
神の子ら

星は死んでも光を残して
束の間　僕たちを照らすのだ

23

目覚め唄

a diptych

Y

口笛を吹こう
初めてここへやってくるものに
ヒョー　ヒョー　ヒョー　ヒョリヒョートー

挨拶をしよう
ソリダ　ソリダ　リーダ　リーダ

（ああ、なんと不思議な光景だろう
あのチェンチが犬と戯れているなんて）

口笛を吹こう
ぐるぐる回りながら
初めてここへやってくるものに
ヒョー　ヒョー　ヒョー　ヒョリヒョートー
ヒョー　ヒョー　ヒョー　ヒョリヒョートー

子供たち、この光を浴びてごらん
森にたったひとつの果物を食べているようだよ

(あの地響きは
ヴァトンガのムビラだろうか
それともマガヴだろうか)

さあ、挨拶をしよう
ソリダ　ソリダ　リーダ　リーダ
ソリダ　ソリダ　リーダ　リーダ

＊

河馬を見よ！
わたしがこれを造ったのだ
あの腰と腹と腿の筋に漲る力を見よ！
尻尾の先から滴り落ちる水と
背中に群がる虻たちを！

山は聳える
その瞳に映ろうとして
川は蛇行する
その桃色の口に注ぎこむために

おお、今しも、彼が
蓮のした、あるいは、葦の茂みや沼に身を横たえる！

わたしの愛と剣が世界を咀嚼している！
人よ、知れ、汝が生きて空に光を戴くのは
一頭の河馬を見るためなりと

註　前半部はガーナおよびジンバブエの伝承歌を、後半部はヨブ記40章第15節から23節までを参考とした

24

その星では

神さまの
とじこめられた琥珀を
子供が蹴って
遊んでいる

大地は
途方もない打楽器
すべての歌は
空への埋葬品だ

T

詩は滲んでくる
地平線の眦《まなじり》から
涙のように零れて
ウイスキーのように
大地を燃やす

ここでは
哀しみさえ
歓びのヴァリアントでしかない
闇は光を身籠って
安らぎ
呻く

25

帰郷

八日このかた、銀河の上を歩き続けて
その星へ辿り着いたとき
靴はボロボロ、僕は腹ペコ
「何か、僕に、食べさして下さい。
　きんとんでも、何でもよい！」僕は叫んだ

すると愛が差し出された
それは岬の突端で撃ち落された
一対の翼で
かすかに潮の匂いがした

Y

僕はがつがつ愛をむさぼり喰った

それから生活が差し出された
履き古したブーツのような歯ごたえだったが
諍いと猥らな呻きと
忘却の隠し味が利いていた
僕はもくもくと生活を噛みしめた

それから幸福が差し出された
灼けた砂の上に
子供たちの悲鳴のような歓声と
うっとりまどろむ女の肩の丸みが盛られていた
僕は喉を鳴らして幸福に舌鼓をうった

それから詩が差し出された
どうやらだれかの心臓を燻製にして

薄く（トリュフみたいに）輪切りにしたものらしい
幸福や生活と食い合わせにならないのだろうか
僕は恐々詩を嚥下した

それから〈限りない彼方〉が差し出された
フォークの先を近づけると
それはつるりと滑って
皿の縁からこぼれ落ちてしまうのだった
僕は〈限りない彼方〉を指で摘みあげて口に放りこんだ

もう腹はいっぱいだった
いつの間にか空は暮れていて
この星に思い残すこととてなかった
「ごちそうさま。みんなおいしゅうございました」
ゲップしながら立ち上がろうとすると

地の底からしゃがれた声がひびいてきた
「いいや、まだ失意と老いと孤独の皿が残っているよ
なみなみ注いだ苦痛の杯も
おまえはあたしの大事なひとり息子
最後までゆっくり、残さずに食べておゆき」

ロッテルダム、ストゥルガ、トロワ・リヴィエール、テルアビブおよびガレリア、ウィーン、コークおよびダブリン、オクスフォード、ブレーメン、ゲントおよびアントワープ、ブカレストおよびクルテア・デ・アルゲス、ベオグラード、ニッシュ、ペトロヴァッチ、スメデレボ、トロムソおよびハマフェスト、メッツ……

Noirs inconnus, si nous allions! Allons! Allons!
(見知らぬ黒い者よ、さあ行こう、出発だ、出発だ!)

一年半、ほとんど荷物をほどくことなく、この星の上を旅してきた。学校で、廃墟で、教会で、キリス

トの歩いた湖のほとりで、精神病院で、酒場で、町役場で、商品見本市会場で、世界最北端だという港町で、ただ詩を読み上げるためだけに。
どこまで行こうと、そこはここでしかなかった。なのにどうしてだろう、帰ってくるたびに、日常がよそよそしさを増してゆく。郵便局までの道のりが、妙に長く感じられる。ここからさらに、どこへ行けばいいのか。

Ce n'est rien: j'y suis; j'y suis toujours.
（さて、こいつをどう訳そうか。
「大丈夫だ、僕はここにいる、ずっとここにいる」それとも、
「すべては虚無。なのにおれはまだここにいる」？）

2007.1.8　ミュンヘン

註　作品の一部にランボーおよび中也への言及あり

26

果てしない荒野

コンピューターのディスプレイが荒野のように見える
誰に頼まれた訳でもないのに
僕は荒野の前に端座している
気がつくとキーボードを叩く音だけが
僕の話し相手になっている

こんなに狭い荒野には
ジョン・ウェインも現れない
華々しい決闘や懐かしい善や悪もない
昔　文字は魂が滲み出す傷口だったのに

T

僕の傷口は今や痛みに焦がれているように見える

詩っていったい何なのだろう
僕には詩と散文の違いが分からない
間違った地図を頼りにして
海峡を発見したマゼランみたいに

僕も何かを見つけることが出来るんだろうか
このまま行替えしていけば
帆を奪われた帆船のような拙さで　西から東に
このまま書き継いでいったならば

朝　目覚めて
澄み切った青空のような哀しみに
打ちのめされていたなら
そのままいつまでも打ちのめされていたい

僕は天井を見つめながら希《こいねが》う
だがやがておもむろに起き上がると
僕はふたたび荒野の前に端座して
夢中でキーを叩き始めてしまう

久しぶりに、「西郷隆盛の曾孫」と電話で話す。山にエネルギーを入れたから、ぜひ遊びに来るようにとの熱心な誘いなのだ（かれらはしばらく前に、長野県に転地した）。「山にエネルギーを入れる」というのがいったいどういうことなのか良く分からないのだが、ここ数年、訳の分からないことばかり経験してきたので特に訊ねることもしない。
あまりに陽気が良いので川沿いの道を一人で散歩。花々の甘い匂いと子供たちの歓声。「陽に向かいて歩け。さらば影は常に背後にあらん」。そんな箴言を思い出しながら、ひたすら歩く。

2007.3.4

四元康祐（よつもと・やすひろ）
一九五九年生まれ。九一年詩集『笑うバグ』を刊行。以後詩集に『世界中年会議』（山本健吉文学賞、駿河梅花文学賞）、『噤みの午後』（萩原朔太郎賞）、『ゴールデンアワー』、『妻の右舷』、『対詩　詩と生活』（小池昌代と共著）がある。

田口犬男（たぐち・いぬお）
一九六七年生まれ。九五年詩集『二十世紀孤児』を刊行。以後詩集に『モー将軍』（高見順賞）、『アルマジロジック』、『ハッシャ・バイ』がある。

対詩《たいし》　泥《どろ》の暦《こよみ》

著者
四元康祐
田口犬男
発行者
小田久郎
発行所
株式会社思潮社
〒一六二—〇八四二　東京都新宿区市谷砂土原町三—十五
電話〇三（三二六七）八一五三（営業）・八一四一（編集）
FAX〇三（三二六七）八一四二　振替〇〇一八〇—八一二一
印刷所
三報社印刷株式会社
製本所
誠製本株式会社
発行日
二〇〇八年五月三十一日

対話——四元康祐×田口犬男

『対詩　泥の暦』附録リーフレット＊二〇〇八年五月

思潮社

四元　ぼくは二〇〇三年の秋に大岡信さんや小池昌代さんたちと静岡で連詩をやったんです。連詩っていうのは、ボールを地面に落とさないように絶えず前にまわすという力学が働いていて、すごくおもしろみがあるんだけど、あくまでも一期一会の〈場の文芸〉なんですね。もう少し他者と正面から向かい合うかたちでじっくりやってみたいと思った。「1　無邪気さの終わり」はぼくが生まれて初めて特定の誰かに向けて書いた詩なんだ。そうしたら犬男から、詩どころじゃないと（笑）。具体的にはどういう状況だったの？

田口　二〇〇二年の秋に、突然、目がおかしくなった。とても説明しにくい症状だったんですけど、とにかく、生活に支障をきたすようになりました。しかも、この病気に関するかぎり、西洋医学は無力だということがわかった。「まったく異常ありません」って、何度も言われましたからね（笑）。そういうわけで、当時は、詩を書きたいという精神的な余裕がほとんどありませんでした。

四元　ずっと自宅にいたの？　それとも働きには出てた？

田口　働いていたかもしれないけど、かなり大変な状態だったと思う。

四元　ところが二カ月ばかりして、「2　デュッセルドルフでバーボン」を突然書いてきた。

田口　そうなんですよね。あの詩を書いたこと自体が、自分にとってものすごく意外だった。そのときのことをありありと覚えていますけどね。これは書こうと思って書いたのではなくて、本当に、自分が雌鳥になって卵を産んだような感覚だった。

四元　ぼくの最初の詩は、犬男に挨拶をしているつもりなんだ。「窓際に置かれた本の表紙を／鳩の群れを率いた男の子が横切ってゆく」というのはその少し前にもらった犬男さんの詩集『ハッシャ・バイ』の表紙をそのまま歌っていて、タイトル自体も意識的にこの詩のなかの一行として織り込んでいる。

いま読み直しておもしろいと思うのは、「ハッシャ・バイ」は日本語で「おやすみ」って意味だけど、おやすみのあとで別の目覚めがある、みたいなことを書いている。今回の対詩の中心的な主題である「眠りvs覚醒」がいきなり出てきてるでしょう。犬男さんに向けて何か挨拶をしたいと思ったとき、ほとんど反射的に、犬男さんがもっている夢想的なところと、それに対して自分が夢を見ることができないっていうコンプレックスの対比があったんだな。

田口　ぼくもそのことに気づいて、はっとさせられました。振り返ってみると、四元さんは、最初から最後まで「詩と生活」というモチーフを追求しておられる。けれども、ぼくの場合、途中から「眠り」や「覚醒」というモチーフが出てくるんですね。しかも、おっしゃるとおり、それが四元さんの最初の詩のなかですでに言及されている。これは、偶然にしてはあまりに出来すぎている、と思ったんですけどね。

四元　それはやっぱり偶然ではなくて、それまで何年間か犬男の詩を読んできて、自分なりの犬男さんへの批評と、それを鏡とする自己批評が挨拶っていうかたちで出てきているんだと思う。

「2　デュッセルドルフでバーボン」は、なんでぼくが実際に住んでるミュンヘンじゃなくてデュッセルドルフなの？　ぼくは普段バーボンだって飲まないしさ。

田口　なんでですかね（笑）。つまりこれは、一見、現実を書いているように見えるけれども、本当はそうではな

3

くて、現実と現実を超えた世界がないまぜになっている状態じゃないかと思うんです。「現実」が、横にスライドしている作風っていうのかな。

四元　だけどデュッセルをミュンヘンに替えても現実べったりではない作品は成り立つでしょう、寓話的なストーリーがあるわけだから。ぼくにはデュッセルが出てくる必然性がよく見えないわけ。スライドさせるっていう積極的な関わり方以前に、現実の侵入をかたくなに拒んでいるんじゃないかと思った。

田口　ざっくり言ってしまうと、ぼくの詩にとって、「現実」というのは、基本的にどうでもいいものなんですよ。ぼくの詩に、現実が何らかの作用をしているとしたら、それは単に触媒として働いているだけだと思う。ゲーテが、「現実はしばしば輝きを失う。だからわれわれはそれを虚構で味付けしてやらなければならない」と言ってるそうですけどね。たとえば、ぼくには「描写」に対する欲求がない。小説を読んでいても、描写の部分は飛ばしちゃったりする（笑）。そういうことと、関係があるんじゃないかな。

四元　ぼくがいまデュッセルをミュンヘンに直してくれって言ったら心理的に抵抗感ある？

田口　ありますね。理由を問われると、窮しますが。「詩を現実に合わせるのではなくて、現実を詩に合わせる」というのが、この時点におけるぼくの態度だったんじゃないかな。洒落ではないけど、悪しき「詩情至上主義」です（笑）。

四元　デュッセルにコノテーションがあるわけじゃないんでしょう。ミュンヘンじゃないことに意味があるわけで、フランクフルトだっていいわけだね。

田口　いや。そこは微妙ですね。

四元　なるほど。こっちはそれまで何とか詩と現実と両立させてやってきたところがあって、会社の合併だとか子育てだとか、いろんな現実を抱えてひぃひぃ言ってたわけだけどね。

田口　ぼくのなかには、「詩はフィクションである」っていう大前提があるんですよ。本当のことの代わりに嘘を書く。不思議なことに、「嘘」のほうが実感あるんですよね。

自分を書くことが出来ない自分

四元　それに対して、ぼくは「3　鯨にまたがって」で、犬男を挑発しているのね。いつまでそうしてるのって。現実がもっている豊かさにどうことばを開いていくかが、ぼくにとっては詩を書くときの一番の課題なんだけど、犬男さんの詩を読んでると、現実を遮断して自分を守ろうとするためにこそ詩を書いているように見えることもあって、その思いが「君の文体はいつも同じ／それが荒れ狂う波のうえで／必死に握りしめている一本の櫂に見える」という行にあらわれている。

田口　もともとぼくは、日常的な現実とは異なる間尺で世界を捉えるのが詩なのだ、と思っていましたからね。絵画でいえば、マグリットかな。荒唐無稽な、あるいは寓話のような方法で描かなければ、自分が感受しているリアリティが捉えきれない。もっとも、そういうことをはじめから明確に自覚していたわけではないのですが。これは、最近気づいたことなんですけど、結局、ぼくにとっての「詩の理想」、あるいは「理想の詩」というのを突き詰めていくと、音楽に行き着くんですよね。音楽っていうのは、具体的な現実との対応関係があるわけじゃない。たまに、「この詩に書かれていることって、実際にあったことなんですか？」って訊かれることがあるけど、ショパンの曲を聴いた人がショパンに、「この曲に書かれていることって実際にあったことなんですか?」なんて尋ねたりしないと思う。ただ、ことばはどうしても意味に捉われているから、つい錯覚してしまう。

四元　「4　ダイキリ」とその前のぼくの詩との関わり方はどんなふうに考えてた?

田口　四元さんの挑発に対して、ぼくなりに反応していると思います。ただ、四元さんにおける「詩と生活」のように差し迫ったモチーフがない。仕方がないので、四元さん本人にご登場願った(笑)、ということだと思うんです。

5

四元　ここでは最初デュッセルだったのが、途中からミュンヘンになってる。それからぼくはバーボンやダイキリなんて飲まないんだけれども、二連目の「コペンハーゲンで足止めをくらって/五時間待たされた揚句に半日かけてこの国に戻ってきた/ホテルで小一時間ほど仮眠したから元気になったよとあなたは言う」という部分はまったく現実のままですよね。犬男さんのなかで、現実を詩から完全に抜きさってしまうとか、バリアを立てるというのが崩れつつあるのかな。ところがバリアが崩れて「田口犬男」が出てくるかっていうと、犬男はどこかへ行ってしまって、勝手にぼくを登場させるわけね。それも意趣返しみたいに、ぼくが犬男に対して言った三行への反撃が、「無残なほど覚醒している」というふうにあらわれている。

田口　たしかに、この詩を書いたとき、「どうしてぼくは自分自身のことを書けないのだろう?」ということについて考えさせられましたね。ジョン・レノンのことではなくて、自分自身について書けないものか、と。いきなり、さっき言ったことと矛盾してしまいますけど。結局のところ、それが、ぼくの「隠れたモチーフ」になったと思う。せっかく対詩という結構のなかで書くのだから、この際、いままで書いたことのないような、現実と地続きのものを書きたい、という欲求が出てきた。すると、どうしても、「自分を書くことが出来ない自分」に直面することになる。

四元　この対詩が始まる前にそういう意識をもってた?

田口　まったくなかったですね。

四元　ぼくはぼくで、自分の詩の書き方のなかに覚醒とは反対の夢見るところが欠落しているんじゃないかっていう疑いをもちはじめていたんだ。ぼくの場合は犬男と並行して小池さんとも対詩をやっていて、小池さんもぼーっとしたところのある人だから、両サイドからそれをひしひしと感じさせられた。
田口　ぼくの場合、言語レベルのフラストレーションもあったと思うんですね。詩集を三冊出すと、ある程度、自分の世界が出来上がってしまうでしょう?　だから、それまでとは異なる水準の発語を、この時点で求めていたのだと思います。それを追求していくうちに、自分に欠落しているもの、たとえば、「自分のことが書けない」、「現実が書けない」ということが、炙り出されてきた。
四元　そういう言語を得るためには、まず現実そのものを獲得しなければいけないとは思わなかった?　オレこれからどうやって生きていこうとかって、生活にからめて考えることはなかった?
田口　そういうことは、考えたかな。でも、どうやったら変わることが出来るんだろう、ということがわからない。というより、当時ぼくは、体の変調という圧倒的な現実に打ちのめされていましたからね。
　ところで、ぼくは、「2　デュッセルドルフでバーボン」と「4　ダイキリ」の二篇が、あまり好きじゃないんです。野球でいうと、ピッチャーがコントロールを気にしすぎて、いわゆる「手投げ」というか、腕だけでボールを置きにいっている感じがある。作品に下半身が入っていないんですね。ひとつには、自分自身の主題が、まだはっきり出ていないからだと思うんですけど。「4　ダイキリ」のなかで、「詩と生活とのずれはいったい何と呼んだらいいのだろう」と書いたけれども、このこと自体は、ぼくにとってなんら切実なモチーフではなかった。けれども、「詩と生活」が四元さんにとっての切実なテーマであることはわかっているわけです。だから、それを対詩の「ストライクゾーン」に見定めて、とりあえずそこに放っておいた、という詩なんですね。本格的に下半身が入ってくるのは、「10　覚醒」のころからだと思う。

6
生活ごと変えてみたい

四元　手だけで投げてるっていうのは、ぼくは自分の詩の書き方に対して常に抱いているコンプレックスですね。なんとかそれを広げたい。下半身と言ったけど、それは覚醒に対しての夢想という、自分の意識下と対応してると思うんだ。そういうときぼくは現実の側からアプローチして、忙しいサラリーマンの生活を営んでいて夢なんか見れるんだろうか、と思ったんじゃないかな。それで「5　凍土」を書く直前に会社を辞めることを決意した。そこにはもちろんいろんな事情があるんだけれども、大きなモチベーションは、生活ごと変えてみたい、ぼーっとするほうに変えてみたい、そうすることで詩の書き方に下半身が入ってくるんじゃないか、という期待感だったと思う。「5　凍土」では自分がそっちに向かって踏み出して行きつつあるから、犬男との連帯があらわれている。犬男とぼくを連帯させるものにもちろん詩があるけど、もう少し具体的なレベルでいくと、谷川俊太郎の詩を読んで育ったことが共通項としてあるんだよね。それで「あのひと」っていうかたちで谷川さんが登場していて、谷川さんの詩句の「襤褸」とか「絶句の充実」という引用があるんだと思う。

田口　この詩は、本当に静まりかえっている、という印象を受けた。

四元　ひとつには、対詩をやるときに一作ずつ調子を変えたいっていう気持ちがあった。むずかしいんだけどね。どうしてもぼくは一本調子になりがちだから。犬男さんはそういうのあまり考えなかった？

田口　四元さんは、企画部と制作部を一人二役でやっておられるから（笑）。

四元　それまでわりと二人の対比を意識していたんだけど、「5　凍土」になると、犬男と同じボートに乗り移ったよ、みたいな気持ちで書いてるんじゃない？

田口　生活を変えることで、より詩の深みに入っていこうという姿勢があるわけですよね。ただ「6　悪意」は、ぼくと四元さんとの詩の対する関わり方、関係性のずれに触れています。当時のぼくには、「おいおい、詩なんて書いてる場合かよ」という意識があった。だけど、対詩をやっている以上、「詩は頑迷な蔦のように僕の足元にからみつく／まるで僕が歩き出すのを阻もうとする／悪意みたいに」。これは、半ば実感だった。逆に、ぼくには四元さんが、「詩を愛し、詩に愛されている詩人」に見えた。いつだったか、「いままで長い間、詩と同棲してきたけど、とうとう結婚することに決めたよ」っておっしゃったでしょう。ぼくは、ちょっと羨望を感じた覚えがある。

四元　そんなこと言ったっけ？　じゃあ犬男は、このとき対詩をやってなかったら、自分から詩は書かなかったと思う？

田口　書いていなかったでしょう。だから、この対詩が、かろうじて自分を詩に繋ぎとめてくれた、ということなんですね。

四元　詩を書かずに何をしなければいけないって思ってた？

田口　積極的なものは、この時点では何もなかった。「とりあえず、自分のいまの状態に日々耐えていく」ということだけ。あと、「正気を保つ」ということですね。

四元　詩は助けてくれる方向にはいかないわけだ。

田口　むしろ、詩が「悪意」をもって自分に絡みついてくるような感覚があった。同時に、対詩を書くこと自体が、自分に残されたただひとつの希望のようにも見える。そういうアンビヴァレントな感情を持っていたと思います。

四元　切実だったんだね。ただ、この前、犬男がミュンヘンに来てうちに泊まったときに、体調が悪くて一日中ベッドにいたことがあったけど、そのときでもぼくが連詩をやろうぜって言ったらどんどん返ってきたね。疲れた、起きれないって言うわりにことばは出てくる。対詩のときもこんな感じだったのかなと思って。

田口　意識のうえでは、「とうてい詩のことなんて考えられない」と思うんだけど、意識しないところでぽこりと詩が生まれる、ということはある。

四元　犬男のなかには外からの働きかけに対して受けていくところが強くあるんじゃないかな。と言うのは、そういう過酷な精神的かつ身体的状況のなかで書いていても、対詩の書き方としては余裕があって、すごく巧みでさ。「6　悪意」は対比をうまく使ってるのね。たとえばぼくが「5　凍土」で谷川さんを「あのひと」ってかたちで出して、末尾につけた散文では種明かしをするかのごとく「公衆電話で谷川さんと話す」というふうに生身の谷川さんを登場させるじゃない。それに対して犬男は「来ないものを待つのがわたしたちの仕事だと詩人は書いた」と小池さんの「永遠に来ないバス」の一行を引用して、末尾の散文では「週末に、Kさんに教えてもらった大船にある治療所まで、電車に乗って出かけていく」と。このKさんは小池さんでしょう。現実のKさんがいて、テキスト上の表現された主体としての詩人が出てくるのは、「5　凍土」とまったく対をなしている。

田口　それはいま言われて、初めて気がつきました。

四元　とても繊細な受け方ができる人なんだな。ぼくは挑発的に返したり自分から投げるのはわりとできるんだけれども、そんなに丁寧に受けるってことはしてないから、ちょっと反省しましたね。

四元　「7　泥の暦」になると、ここまでわりと詩について詩人仲間と文学論議をするみたいな詩が続いてきたから、このへんで自分にとってもっともリアルである家庭生活も取り入れていきたいということがあった。

「自らの湛えるもののなかに沈んでゆく//水底に横たわるコップは/空っぽ、それとも/満杯?」というのは、明晰な意識から詩をあふれさせるように書くのではなしに、もっと自分自身が深い底に沈み込んでいくような書き方を出来るようになりたいな、と言ってるんじゃないかしら。もしかしたら犬男はつねにこういう感覚のなかで書いていたのかな、なんて思いながら書いた覚えがあるな。

田口　「8　嗚咽」では、四元さんが全面的に出てきてしまうんですね。ここでは明らかに、「ジョン・レノン」の代わりに四元さんが登場している。また、それは別の意味で、「ぼく」の代わりでもある。

四元　ぼくはもうそれをひしひしと感じて、なんで自分を出さないんだろうと思ったね。犬男自身にとっての確固たる現実はあるはずなんだけど、そこはかたくなに封

9

印されている。ぼくの生活が半ばフィクション、半ば現実の代替物としてここで使用されてるっていうふうに見ましたけどね。

田口　四元さんには悪いんだけど、これは比較的好きな詩ですね(笑)。言語レベルで、自分が目指していたものが実現しつつある、という感覚があるから。だけど、内容的には、「いったい何を書けばいいんだ?」って、相変わらず右往左往している。

四元　ぼくはちょっと戸惑いましたね。自分の生活を、悪く言うとダシにされて。小池さんと「詩と生活」をやったときもそういうふうに思ったことがあったのね。「森を横切って」という作品にぼく自身が出てきて、なんでこの人は人の現実を勝手に使うのよって(笑)。ぼくは犬男さんがなぜそうしなきゃいけないのかという切実さは少しわかった。だけどどう返していいのかわからないから、ちょっと突き放して「9　眠る男」を書いたんだね。このへんでぼくは眠りとか覚醒というモチーフを強く意識している。

田口　ここでは、ぼくが四元さんの詩のなかに登場している(笑)。

四元　ここはやっぱり意趣返しで、ぼくを勝手に登場さ

せた犬男さんをぼくという鏡に映してるんじゃない。

田口　このころ、ぼくは治療の余波で、たとえではなくて本当に眠り続けている時間が多くて。ごく自然に、「眠り」がモチーフとして出てきましたね。実際、「10 覚醒」は、長い眠りの時期が終わったころに書いたと思うんです。「超短編」を書いて、やっと自分なりにフォーカスが合ってきた。言語レベルでも、モチーフにおいても、やっと下半身が入ってきたのかな、という感じがあって。ぼくにとっては大切な作品なんです。

四元　ここでも「8 嗚咽」を読んだあとでぼくが送ったメールを引用してるね。ぼくにはなんか気色悪い感じがするのね、自分がふつうに書いたメールが微妙に変形しながら人の作品のなかにあらわれるっていうのが。でもそういうことをやりながら、「眠り」の反対は「覚醒」ではなくて、むしろ眠りながら覚醒する、それが詩だっていうはっきりとした捉え方が出てきているんだけれど。

田口　お話をうかがっていると、本当に、四元さんが嫌がることを片っ端からやっていたんだな、ということがよくわかります(笑)。眠りと覚醒の話ですけど、実際に、非常に長い時間眠っていると、眠ること自体がひとつの「経験」みたいなものになってくるんですよ。深い海の底で、何か得体の知れないものを相手に格闘しているような。まさに、「眠っている男の／魂は忙しい」というわけです。変な言い方だけど、眠っていることに対する手応えがある。

四元　期間としてはどれくらいだったの？

田口　断続的にオンだったりオフだったりしましたから、厳密にこれくらいとは言えないですけどね。下手したら、半年くらい続いていたかもしれない。

四元　その睡眠の手応えと、もう少し現実との地続きで詩を書きたいっていう欲求とは、どう関わってくる？

田口　もともと、詩を書くときの意識は、日常的な意識とは違っていて、ちょっと夢を見ているようなところがある。ぼくは以前、空を飛んだ夢を見たことがあるんです。ものすごくリアルな夢で、本当に空を飛んでいる体感があって、目覚めてもそれが夢だったということをしばらく納得出来なかった。夢も、これくらいになるともう立派な「経験」です(笑)。詩も、そういう意味で言うと、書きながらそれを「経験」しているようなところがある。

四元　「ミンクやマスクラットは、罠にかかると自分の足を食いちぎってでも自由になろうとするそうだ。だが、僕はいったい自分の何を食いちぎれば自由の身になれるのか、良く分からない」って言ってるけど、これは何から自由になろうとしてるの？

田口　それはもちろん、フィジカルな意味での困難からですよ。

四元　病気から治りたいという意味ね。ぼくのほうは生活もちゃんとした家庭生活を営んで会社勤めもきっちりやって、だんだん職場での責任も増えていって、もうがんじがらめでさ。それから比べると犬男なんて自由の女神みたいに見えてたんだ。そういう人がこんな切実な言い方で自由を求めてるのを読んで、意外だったな。

田口　やりたいことが何ひとつ出来ない、という現実がありましたからね。いつになったらこういう生活が終わるんだろう、そもそも終わりがあるんだろうか、という不安。眠りから覚めても相変わらずからだは良くなっていないし、まるで暗いトンネルのなかにいるような気がずっとしてるわけ。トンネルのなかを移動はしているんだけど、そもそも出口があるの？っていう状況のなかで、一秒一秒過ごしていたわけだから。

四元　ぼくは対照的にさんさんと陽のふりそそぐ真っ昼間の外にいて、もっと深くトンネルのなかに下りていきたいと思っていた。詩を書くことがその道しるべになったりスコップになったりすればいいんだけれど、なかなかそうはいかない。それが次に書いた「11　水切り」だと思うのね。犬男が閉じ込められているトンネルに入っていけないという、オープンスペースでの閉塞感が氷に閉ざされた湖に託されているんじゃないかな。もう一方では、ぼくはことばで遊ぶことによって救われるってことも意識していた。前の作品で犬男が、「放棄」したり「回帰」したり「拝跪」したり「想起」したり、ことば遊びをやってるのを、「水切り」とか「ふたりきり」とか「ハラキリ」とか「これっきり」というふうに受けている。

田口　対詩は、ことばの表面のメカニカルなところで反応するということと、主題の心理的なレベルで会話するという二つの層が並行して進んでいくからおもしろいよね。ことば遊びっていうのは、ことばの物質性に着目することだから、ぼくは好きですね。

11

詩人は「逆カメレオン・マン」

四元　12の「オオカミに変身する羊」は、ぼくのことをよく描いてくれたなというふうに読んだんだけど。

四元康祐

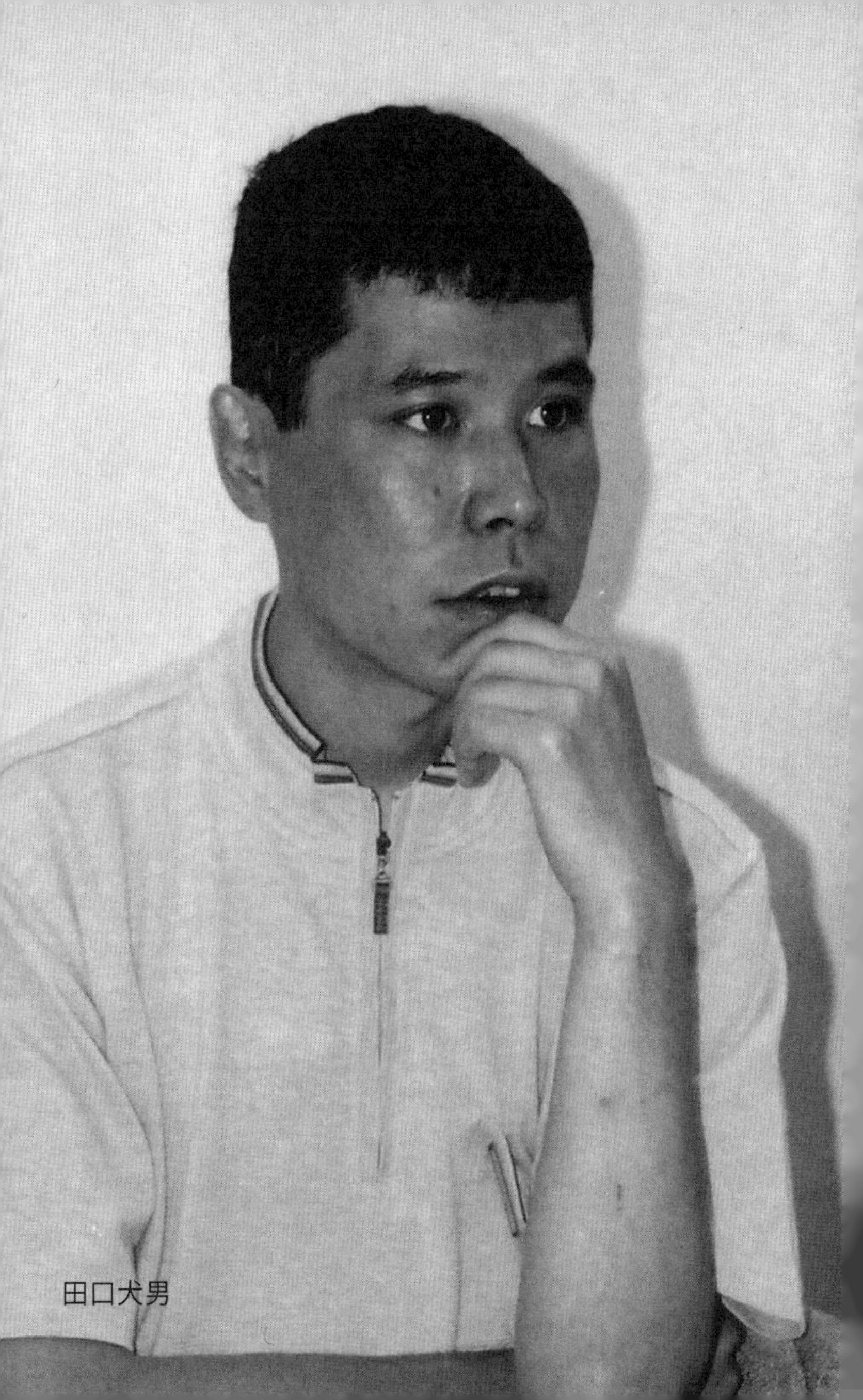

田口犬男

田口　えっ？　ぼくは、この「オオカミ」が四元さんのことだなんて思ったことないですよ。

四元　ぼくは若いときからずっとこういう感覚があった。つまり会社に行って表面的には順応してみんなと仲良くやっていても、どこかものすごく違和感がある。かと言って文学やってる人たちのところへ行くとそれはそれで違和感があるのね。文学やってる人ってお金がなかったり、生活をある程度犠牲にしているケースが多いじゃない？　それに比べるとこっちはマイホームパパをやって家庭を築いて、ようするに二兎を追ってるわけでしょう。文学のほうに行くと自分は詩人ではなくて、たまたま詩を書いている生活者にすぎないと思うし、いわゆる世間のなかにいると、嫌悪感とか逃げ出したいっていう衝動にかられる。多かれ少なかれ誰のなかにもある感情だとは思うんだけど。

田口　谷川俊太郎さんが、「詩人はカメレオン・マンだ」って言ったでしょう。ジョン・アッシュベリーと意気投合したって。ぼくは、それを引用して、いや、詩人はむしろ「逆カメレオン・マン」なんじゃないか（笑）、っていう文章を書いたことがある。たとえば、それまで白人だった男が、白人の男たちに囲まれると突然黒人になってしまう、みたいな。詩人っていうのは、そういう根っからの天邪鬼な本性を持っているんじゃないか、と思って。

四元　この超短編の最後は「かれの死は、夢ではなかった」と。そのあとでフロイトの癌の話も出てくる。死というモチーフが登場しているわけだけど、この時期、死への衝動はなかった？

田口　死への衝動はなかった。それより、さっきも言ったけど、「正気を保つ」ことに忙しかった。だから、「死」のモチーフが、どうしてここに出てきたのかわかりません。こういう条件のもとで生きなければならない人生にどんな意味があるんだろう、っていう素朴な感覚はありましたけどね。ということは、やっぱり死への衝動があったのかな（笑）。

四元　この詩の四連目で、さっきから話していることを実に簡潔に言い当てられているような気がするな。

田口　「だが詩を病むためには／僕の肉体は脆弱過ぎる／詩を病むためには／あなたの肉体は頑強過ぎる」というところですね。いろんな意味で、ぼくは、四元さんと共通しているところより、対照的なところを常に意識していた気がします。

四元　すごく対照的ですよね。最初に出てきた詩のように、二人の間に川が流れていて、その両岸に立ってそれぞれ反対の方向を向いている。

空っぽになりたい

四元　次は「13 空っぽのひと」ですけど、エリオットの「The Hollow Men」は、近代的な自我の絶望感という否定的なニュアンスで書かれている。それをひっくり返してむしろ空っぽになりたいっていう、ポジティブな誤訳をあえてしたらどうだろうと。

田口　いつも思うけど、四元さんの翻訳っていいよね。だいぶ前にもらった、サイモン・アーミテージっていうイギリス詩人の翻訳も好きだった。翻訳においても、むしろ四元さんの「四元性」(?)が際立ってくるようなところがある。ぼくは、この詩を読んで軽いショックを受けましたね。自分がやりたくても出来なかったことを、いかにも鮮やかにやられてしまったと思った。それまで二人して泥濘のなかを這い回っていたのが、いきなりポーンと飛躍して、見晴らしのいい高台に出たような解放感がある。

四元　ぼくにもそれはあった。この対詩を一篇の長い作

品と考えたら、ここでようやく水面下から詩そのものみたいなものが出てきたんじゃないかしら。

田口　四元さんがしきりに言っている「白日夢的なもの」が出てきているような気がしますね。まるで幽霊が書いたような、不思議な手触りがある。「頭のなかに詰めこまれた言葉を／藁みたいに干せたらいいな」ってリアルだなあ。白昼の悪夢みたいだ。

四元　それはエリオットの原詩にあるイメージだから、オリジナルの詩がひとつの触媒にはもちろんなってるんだけど、それ以上に先立つやりとりのなかでだんだんたまってきたエネルギーがあったんじゃないかな。振り子が揺れるごとにゼンマイが巻かれた。それが如実にあらわれるのは「14 交歓」ですよね。ぼくはこれを見たときすごくうれしくて、一人で歓声をあげた。

田口　そうですか？　ぼくは「13 空っぽのひと」のショックが大きかったから、かなり後れをとっている気がしていた。ただ、ぼくにとっての第二のモチーフになる「宇宙」が出てくるきっかけにはなったと思う。

四元　これはほんとに作品としてすぐれていると思うんだけど。正直言って「12 フロイトの顎」までは、ぼくがどんなボールを投げても、それが犬男というブラック

ホールのなかに入って、自分の姿をまとっているけど自分じゃない、幻みたいなものとしてはね返ってくるような閉塞感があったんですよ。そういう感覚があったからこそぼくは「13 空っぽのひと」を書いて穴を開けたかったのかもしれない。タイトルでまさしく「14 交歓」と言ってるように、それまでの出口のないキャッチボールをやってきたのが、ようやくここでふわっと出てきた。自分だけじゃなくて、対詩のやりとり自体がトンネルから出たという感覚があってうれしかった。

田口　「13 空っぽのひと」がきっかけになって、ぼくのなかでギアチェンジが起こった。対詩に対する、取り組み方が変わったんですね。というより、対詩というものをようやく理解し始めた、と言ってもいい（笑）。

四元　このときは対詩を始めてから一年と四カ月くらい経っているわけだけど、犬男が銀座の古美術商で働き始めるっていう話を聞いて、喜ぶと同時におもしろくて。なぜかと言うと、対詩を始めた当初は、犬男は生活がすごく希薄だという印象だった。それがそのうちにこっちは仕事を手放して、犬男はちゃんとした仕事を持ち始めて、知らない間に立場が入れ替わっている。そしたらこの詩とほとんど同時に二週間くらいで辞めちまったんだね（笑）。このへんはお互いの交差点のようなところで、生活としては近いところにいるんだろうな。

「物書き男」と「生活女」

四元　「15 シニカカッタ人」はいまの流れでいくと後退していて良くないね。もっと勢いをつけてぽーんと行けばよかったんだけど、主題としてまた詩と生活に戻っちゃってる。反省してます（笑）。

田口　これは予期せぬ展開でしたね。四元さん御自身を、漫画化して書いていく世界でしょう。

四元　前年の秋くらいに会社を辞めると言って、この時期にはほとんど既成事実化されていたんですね。一応会社に顔は出してるけど、会社生活はどんどん希薄になって、「詩まみれ」「詩漬け」になっていった。かならずしもそれを喜んでいるわけじゃなくて、どうしようもない虚ろさとか、真綿にくるまれたような息づまる感じを、まだ会社を辞めたわけじゃないのに感じ始めていた。

田口　最後から二連目を読むと、これは切実なモチーフなんだなと。「静かな叫び」を感じますね。こういう詩を書くことによって、自分がいまどういう状態に置かれているのか確認しようとしていたんじゃないかな。

四元　そうね。以前は詩から遠ざけられている自分の叫びが詩になってたんだけど、ここでは詩のなかに身を踊らせて入ったあとの幻滅感を言語化することで、それを乗り越えていこうってことなんだろうね。現実との対応のなかで書かれてるんだけれども、その現実自身が裏返っているから、ぼくにとっては書く意味合いがあったんだと思う。

田口　「16　聖者の行進」は、「シニカカッタ人」が死んでしまって、その人の墓が出てくるという、ギャグみたいな展開になっています。四元さんの絵葉書の文章が引用されている。

四元　ここではかなり脚色が入ってるよね。

田口　それは、内緒にしておきましょうよ（笑）。少し先に入れた散文もそうだけど、絵葉書から引用した散文も入れてみて、対詩の世界をもう少し揺らしてみたい、っていう気持ちがあった。

四元　最初のほうの作品でぼくの実生活に関わることを織り込むのとはちょっと違うね。もっと言語表現のレベルでの異物感を出したいっていうことだったのかな。

田口　そう。たとえば、ぼくは「釈迦に説法」という詩

のなかで、マルクスの「資本論」を延々と引用したことがあるんですけど。退屈されるのが怖くて、なかなか朗読会で読めない（笑）。でも、それは何というか、からだが欲する、という感じでね。理屈ではなくて、これはもう原始的欲求に近い。

四元　でもこの流れはきれいで好きだな。老人を見かぎって立ち去っていく若作りした詩が、ここで駅から歩き出していくみたいな。

田口　これは連詩的な作品かもしれない。積極的に何か言おうとしているわけではありませんからね。

四元　「10　覚醒」から犬男はふっ切れてる感じがあるね。ところがぼくは「15　シニカカッタ人」「17　推敲」と、犬男が颯爽と立ち去っていくのに抗うかのごとく、犬男にかまってもらえなくなった自分を自分でかまってるところがある。こういうのをもらって困ったでしょう。

田口　いや、むしろ、このころの四元さんにこそ親近感を抱いていたから、「18　宇宙飛行士の夜」が出てきたんじゃないかな。会社を辞めたことで、四元さんが世間的な重力から解放されて、身軽になっていく。そういう展開に対する共感が、作品のベースになっていると思う。

四元　ほんとによく受けてくれてるよね。「17　推敲」の

なかで谷底に入っていく、その谷底の部分が宇宙の深奥につながって、カメラでいくと、くるっと裏返して宇宙の奥のほうから宇宙飛行士を乗せたロケットが近づいてくるみたいな、ダイナミックな展開があって好きだね。

田口　「朝と違って夜には／足場というものがないんだ／とりあえず足の下にあるものが／きっと足場なんだろうと／ぼくらは見当をつける」という心細さ。エアポケットに入ってる感覚が、この時点で共有されていたんじゃないか。

四元　そうね。実生活だとぼくのほうが場数を踏んでるけど、宇宙とか闇になると犬男のほうが大先輩で、そこへの入り方のレッスンを受けてるような気持ちはちょっとした。でもそういう親近感や仲間意識を感じると、ぼくはすぐに後ろめたくなって、「わたしはどうなるのよ」っていう、自分の内なる他者として妻の声が出てくる。それが「19 穴」で、「白い紙の前に座って／月面に降りたった宇宙飛行士を気取るひと」という、この「ひと」は当然ながら自分でもあるし同時に犬男でもあるのね。物書き男から締め出された生活女の声が対詩のどこかにないと収まらないところが、ぼくとしてはどうしてもある。

18

田口　ですが、このとき、ぼくのほうはすでに「宇宙モード」に入っている（笑）。

四元　だからこのへんはかなり乖離してる。ぼくはぐずぐずと自分や家族のことを言ってるんだけど、犬男は空間だけじゃなく時間を超越して、「タイムマシンの朝」に行っちゃうから。

田口　やっぱり、眠っていた経験が大きいと思う。目覚めると、自分の目の先には天井しかなくて、その天井の向こうには宇宙がある、という感覚。ソーシャルなものがどんどん剝落していく。このころ、まだ目が悪いのに無理して立花隆の『宇宙から帰還』を読んで感動していた、っていうこともある。宇宙を旅することによって、NASAの宇宙飛行士たちが、どのような内面的変容を遂げたか、っていう有名な本ですけど。「宇宙の本質は、物質ではなく、霊的知性なのだ。この本質が、神だ」なんていう文章が出てくる。病気する前は、そういう話、歯牙にもかけなかったんだけど。百八十度、変わってしまいましたね。そんな調子だから、「19 穴」の地上性に対する違和感があって、ぼくのほうは「タイムマシンの朝」というかたちで「宇宙モード」を拡大していった。

四元　ただそれは破綻した宇宙モードで、沈黙を寿ぐはずだったのにご破算になって、不時着して朝露にまみれてるっていうのがおもしろいね。

　ちょっと話が外れるけど、シュペルヴィエルっていう詩人は眠りをすごく大切にしていて、詩論のなかでこんなことを言ってる。自分の外に広がる世界と内側の世界を統一する唯一の方法は夢見ることだ。しかし、詩においては、その夢を支配し、それに理性的な外観を与えるような覚醒も同時に必要だと。彼は覚醒の力を「コント作家の論理」と呼ぶんだけれど、自分のなかでコント作家が詩人の夢想を見張っている。詩を書くのに霊感が訪れるのを待つ必要はなくて、コント作家の自分がまず書き始めて、いわば意識的に詩人の夢想を発動させると言うんだね。だからいつだって詩は書けると。その話を谷川さんにしたら、「それ、まったく俺じゃん」っておっしゃってたけど、その点は犬男も似てると思うな。

「宇宙モード」の広がり

四元　「21 風、石を誘う」は「13 空っぽのひと」と並んで、自分の書いたなかでは好きな詩です。この「石」はどちらかと言うと自分だろうね。犬男が宇宙、あるいは時の彼方に浮遊してるときに、地上にとらわれてる自分に話しかけてるんじゃないかな。「風」はこのころ世界の詩祭を巡りはじめていた自分なんだけどね。だけど現実にいろんな国を訪れていろんな詩人たちと会うのと、実際に詩を書くなかで宇宙的なところへ行くのはまったく別のことだから。

田口　「20 タイムマシンの朝」から「24 その星では」まで、詩の最後に付けた日付がなくなっていますが、このときには、それまで詩のなかで日付のもっていた意味がどんどん剝落していった、という実感があったんですね。詩が日付を嫌っている気がした。

四元　もともと詩は日付を必要としないものだからね。ほんとは「13 空っぽのひと」「14 交歓」が生まれたあたりから詩がわっと出てきて、そこで日付を失ってもよかったんだよね。ただぼくは「15 シニカカッタ人」「17 推敲」「19 穴」とグジュグジュやってるから日付を引きずってる。「20 タイムマシンの朝」でようやくそれをふっ切って浮上したんじゃないかな。

田口　ぼくのほうは、地上的な含意のない、宇宙における純粋な石って感じがしますね。お互い「石」を共通のモチーフにしているけれども、内実はまったく違う。

四元　犬男の石とはむしろ石を誘ってる風のほうで呼応してるんじゃない？

田口　「22　ささげる」で星が出てきて……。

四元　とどまるところを知らない宇宙の広がり。

田口　星と石は等価なんですね。宇宙というレベルから見れば、たいした違いはない。

四元　それにつられて「23　目覚め唄」が出てきた。

田口　これがまた、ぼくには意外な展開でしてね。四元さんは、本当に神出鬼没です（笑）。

四元　「21　風、石を誘う」もそうだったけど、これを書いたときにも自分の鬱々とした日々のなかでカタルシスを感じたね。前半で犬男がぼくの生活を使ってどこかへ行こうともがいていたように、ぼくはぼくで地上から宇宙、あるいは地底の暗がりに行こうとするとき、アフリカの伝承唄や旧約聖書、あるいはひっくり返したT・S・エリオットを足場として、自分がいまいるところではないところへ何とか行こうとしている。

　あと「a diptych」っていうのは中世の時代のもので、木で出来ていて蝶番があって閉じるようになってて、開くと宗教画が描いてあるものなんです。もともとは信仰深い人が旅先の枕元にポータブルな祭壇をつくって、そこでお祈りをするためのもの。その前の「石にささげる」「星にささげる」っていう二つ折りのところに対応させて、かつ神とか祈りということばが出てきてるんで、それに対するお返しみたいな意味合いもある。

田口　この伝承歌の部分から、「24　その星では」という方向に来ていると思うんです。

四元　これもすごく好きな詩なのね。対詩という枠組みとか現実的なものとか、自分と他者とか、いろんな要素を巻き込んだひとつの場から生み出されてきた、詩そのものがここにあると思ったね。「詩は滲んでくる／地平線の眦《まなじり》から」っていうのはまさにそれを言い当てている気がする。

　その前のぼくの作品になぜ「23　目覚め唄」という題をつけたのか、いま思い出せないんだけど、最初の詩で「おやすみ《ハッシャ・バイ》」がささやかれたあとの／もうひとつの目覚め」と言った、その目覚めを無意識のうちに呼んでるんじゃないかという気がしましたね。それにうまく応えて出てきてくれた詩の曙の光が「24　その星では」という作品で、これは感動的な一瞬だね。詩の夜明け。書いてどうだった？　充実感はおありでしたか。

田口　これは、バントするような感覚で書いたんですよ。

四元　えっ、これがバントだとは思わないな。むしろ「23　目覚め唄」がこの光を呼び出すためにコケコッコーって鳴いてる声みたいなもので、それにひきずられて「24　その星では」の光がバーッと射してきたんじゃない？

田口　ああ、違いますね、印象が。

四元　「闇は光を身籠って／安らぎ／呻く」というのは、「12　フロイトの顎」くらいまでの眠りや目覚めと、「18　宇宙飛行士の夜」以降の宇宙とがきれいに融合している。三連目からはこの対詩の大きなうねりを短い十行足らずのことばに凝縮する詩になってると思う。

対詩の到着点

四元　次は「25　帰郷」。「八日このかた、銀河の上を歩き続けて／その星へ辿り着いたとき／靴はボロボロ、僕は腹ペコ」っていうのはランボーの詩の引用ですね。オリジナルは「銀河の上」じゃなくて、石ころだらけの道を歩き続けてなんだけど。宇宙に向かって行ったのをそろそろこのへんで地上に戻してやろうじゃないか、というのがまず発想になったんだと思う。その前の詩で一種のクライマックスに達したから、そのあとゆるやかな下

り坂を行こうっていう感じじゃないかな。犬男はこの詩を受けとってどうだった？　もっと宇宙に行こうと思っていたのに、なんでまた人生が出てくるんだよ、みたいなもどかしさはありました？

田口　ぼくは、この時点では、四元さんが何を書こうと、自分がいまもっている力学の延長上で書いていこうという見通しをもっていた。四元さんの世界と離反しつつ終わるというヴィジョン。

四元　終わっていきたいと。それはやっぱり犬男らしいよね。ぼくはそれでは何かもの足りない。完全に生理的なものだと思うけど、宇宙に飛び立ったものが現実に落ちてくるさまを見たい。飛んじゃったままだと何か落ち着かない、不安だっていうのがあるんだね。

田口　そこが決定的に違いますよね。

四元　ぼくは「25　帰郷」でこの対詩を終わってるんだけど、あんまりハッピーではない終わり方ですね。新しい混沌への旅をこれから始めるんだなっていう思いが強くて、そこには憂鬱な感じと一種の幻滅の感情があって、それがこの対詩のひとつの到着点になっている。

田口　さっきも言いましたけど、結局、ぼくがこの対詩という結構のなかでやろうとしたのは、寓話的な体裁に

逃げずに「現実」と向き合って、しかも「自分」のことを書く、ということだったと思うんです。偶然でしょうけど、最後に、まるで双六のあがりのようにそういう作風に流れ着いた。コンパスと地図で確認しながら順風満帆で目的地に辿り着いた、というのではなくて、本当に「流れ着いた」という感じ。ほとんど座礁に近い（笑）。でも、あがりはあがりですから。

四元　生身の自分に目覚めたということ？

田口　書き方の回路には触れたのかな、と。さっき、詩の規範を音楽に求める、という話をしましたけど、ぼくの場合、振り返ってみると、『モー将軍』はフォーク・ソング、『アルマジロジック』はロック、それから『ハッシャ・バイ』はポピュラー・ソングにそれぞれ対応しているんですよね。ところが、この対詩には対応するような音楽性がない。その意味では、むしろ初めて詩を書いたような気がしています。

四元　犬男にとってこの三年にわたる対詩は、夢から覚醒、歌から現実という方向へ歩んだところがあるわけだ。僕はこの対詩をいわばロープみたいにしてつかみながら、それとは反対の方向に行ってるなという実感があった。

22

田口　ぼくは、四元さんから学んだ部分がすごく大きいんですよ。四元さんと出会ったことで、無意識のうちに自分がもっていた詩人のイメージが、ずいぶん変わりました。知らないうちに、自分が進むべき方向性というか、ヒントを貰っていたんですね。それを手がかりにして、ここ三年くらいは歩いてきたような気がします。

四元　教えてほしいな、そのヒント（笑）。ぼくは詩っていうのは書けば書くほど変なほうに引きずり込まれる、あばずれ女みたいなふうに思えて仕方がない。

田口　以前は、此岸で、明朗快活に、建設的に生きている詩人、っていう発想自体がなかったんですよ。むしろ反社会的な、自己破壊的な詩人しか視野に入ってこなかった。だから、四元さんと小池さん、それから谷川さんと実際に出会って目覚めさせられた、というか、とても新鮮でしたね。もちろん実際にはそれほど単純ではないだろうけど、心の奥底に小さな地獄をいくつも抱えながら、けれども魂の総体としては向日的な方向に舵を切っていく、という姿勢ですね。ぼくの場合、その変容が、ちょうど病気からの回復と重なっていった。「病気」と四元さんが一緒になって、ぼくを「光」の方向に導いてくれた。ありがとう、と言いたい（笑）。

四元　自己破壊的っていうのはたとえば誰？

田口　シルヴィア・プラスとか。あるいはエミリー・ディキンスンにしても相当な変人で、普通の意味では世間と折り合いのつかなかった人でしょう。それから、これは四元さんの友人でもあるW・I・エリオットさんから聞いたけど、バイロンってそうとうはた迷惑な奴だったらしい（笑）。そういうイメージが、ぼくの頭のなかを大きく占拠していた。

四元　ぼくはそういう人のことがほんとに理解できなかったのね。いまは少し理解できるようになってきたし、詩と生活の両立はやっぱりありえないんじゃないかって思いつつある。どっちかがどっちかを搾取するしかないんじゃないかって。だからこそ、詩のテキストを変えてみようとするなら、生活ぐるみで変わらなければならないっていう極端な考えに走ったんじゃないかしら。

田口　だからね、ぼくたち、知らないうちに入れ替わっちゃったんですよ。

（2007.6.9）

思潮社